KB157320

월성을 걷는 시간

월성을 걷는 시간

김별아
지음

천년 왕성, 월성의 모든 시간

밤차를 타면
아침에 내린다.
아아 경주역.

이처럼
막막한 지역에서
하룻밤을 가면
그 안존하고 잔잔한
영혼의 나라에 이르는 것을.

천년을

한가락 미소로 풀어버리고

이슬 자욱한 풀밭으로

맨발로 다니는

그 나라

백성. 고향사람들.

_박목월, 「사향가思鄕歌」 중에서

경주로 가는 발걸음은 언제나 설렌다. 여행이든 일이든 목적과 별개로 귀향歸鄕의 감상이 깃들기 때문이다. 고향은 기억이자 그리움이며 사라진 시간에 대한 슬픔이다. 어른이 된다는 건 가없는 막막함을 온몸으로 견디는 일. 시인이 꿈꾼 영혼의 나라는 어린 날의 안존함과 잔잔함을 지닌 그곳, 바로 고향이다. 긴장이 없고 겉멋이 없다. 딱딱한 구두를 신고 아스팔트 위를 걷는 대신 맨발로 이슬 자욱한 풀밭을 밟으면 족하다.

목월의 시 「사향가」가 수록된 시집 『난·기타蘭·其他』가 출간된 1959년 무렵에는 서울에서 경주까지 하룻밤을 새워 달리는 야간열차가 있었나 보다. 현재는 서울에서 경주역까지 직통은 없고, 신경주역까지 KTX와 SRT가 각각 1일 십여 회 이상 운행된다. 얼마 전까지 기차로 경주역까지 가려면 동대구역에서 중앙선 무궁화호로 환승해야 했다.(2021년 경주역은 폐역되었다.) 밤기차로 꼬박 달려 새벽에 닿는 경주역은 어떤 풍경일까? 어쩌면 그토록 낯선 시간의 경주를 그리는 데는 목월보다 동리의 심상이 맞춤할지 모른다.

나는 폐도廢都에서 태어났다. 나는 얼음장같이 차디찬 폐허를 밟고 무덤 속 같은 공기를 호흡하고 자라났다. 나는 폐허 제단에 촛불을 밝히고 화려한 옛 꿈을 찾는 자다. 묵은 전통과 회구의 로맨티시즘은 내 오관에 흐르고 있다. 전통의 아들 폐도의 아들 이것이 나의 숙명이다. 나는 아모리 발버둥치고 애를 써도 이 묵은 전통의 옛 꿈에서 영원히 벗어나지 못 하리라. 내 머리 위에는 무거운 폐도의 총기塚氣가 누르고 있다.

_김동리, 「폐도廢都의 시인詩人」 중에서

폐도, 그것은 '황성 옛터'다. 이애리수가 부른 노래의 '월색만 고요'한 황성荒城은 실제로 작곡가 전수린의 고향인 고려의 왕도 개성 만월대를 가리키지만, 한때 영화를 누렸으나 지금은 황폐한 궁터라면 다 같이 '황성 옛터'일지라.

동리東里라는 이름 전에 '동방의 허', 동허東虛라는 이름을 스스로 지었던 청년 작가 김시종은 유년기의 상처를 고스란히 품은 허무주의자였다. 2009년 발굴된 단편 「폐도의 시인」은 등단작 「화랑의 후예」에 이어 발표된 두 번째 소설이며, 작가로서 발표한 첫 번째 소설이다.

작가에게 고향은 애증의 대상이기 마련이다. 중국의 대문호 루쉰은 사오싱紹興을 배경으로 「공을기」를 비롯한 숱한 명작을 쓰고도 때로 나고 자란 그곳을 향해 "신이 노하여 홍수로 쓸어가 버려도 좋다"고 저주를 퍼부었다. 그러나 고향에 대한 남루함을 깨닫는 청년기의 방황은 마침내 방황을 끝내고 돌아왔을 때 고향에 대해 새롭고 풍부한 애정을 느끼는 밑천이 된다. 1950년대 서정주, 유치환, 박목월, 김상옥 등을 통해 한국 문학을 휩쓸었던 신라 정신이 절망 속에 방황하던 '화랑의 후예'들에게 자부심의 온기를 불어넣었듯이 말이다. 돌아오기 위해 떠난다. 그리고, 다시 돌아온다.

1935년의 김시종, 동리보다 동허에 가까웠던 작가는 치열한 분투 속에 성장해 1978년에는 자신의 연원인 고향과 화해하는 모습을 보여준다. 문예창작사에서 펴낸 수필집 『취미와 인생』에 실린 「나의 고향」에서 동리는 자신의 자랑거리로 두 가지 사실을 꼽는다.

내 고향은 신라 천년의 서울로 누구나 알고 있는 경주다. 나는 늘 말한다. 나에게 자랑 되는 것이 있다면, 첫째는 고향이 경주인 것이요, 둘째는 성이 김 씨인 것이다.

거대한 역사, 그것은 거대한 비밀이기도 하다. 신라의 아득한 시간을 어루더듬는 일은 마치 먼눈으로 코끼리를 만지는 일과 같다. 이빨을 만지면 무같이 생겼다 하고, 귀를 만지면 곡식을 까불 때 쓰는 키 같다 하고, 다리를 만지면 커다란 절굿공이 같다고, 등을 만지면 평상 같다고, 배를 만지면 장독 같고, 꼬리를 만지면 굵은 밧줄 같다고 느낀다.

맹인모상盲人摸象의 우화를 온전히 적용하기는 무리이지만 지금껏 일반 대중이 배워 알거나 느껴온 신라 혹은 경주는 일면 그런 식이었다. 첨성대, 석굴암, 불국사, 대릉원……. 수학여행지이거나 관광지로 만난 경주의 첫인상은 맥락 없이 나열되어 기억 속에 흩어져 있기 일쑤다. 박물관에 전시된 금관과 보검과 금 귀걸이는 휘황찬란하지만 유리벽 너머의 보물, 비현실적인 아름다움일 뿐이다. 이빨과 귀와 다리와 등과 배와 꼬리가 모두 코끼리의 일부임이 분명하지만 코끼리를 사실하는 데 도움이 되지 않는 것처럼, 조각과 조각을 이어 맞춰 전체를 그려내는 일은 더디고 막연하기만 하다.

코끼리를 코끼리답게 하는 곳

그럼에도 불구하고 갈 수밖에 없는 길을 연구자와 예술가들은 기신기신 밟아왔다. 유물과 유적을 관광 상품으로만 여기는 맹목도 시대의 변화와 함께 눈을 떠 문화유산을 새로운 이해와 애정으로 바라보게 되었다. 기실 경주 자체가 하나의 거대한 문화재요 보물이다. 코끼리의 본질을 꿰뚫어 한눈에 그려낼 수 있는 안목을 갖지 못한 바에야 일부라도 더듬어 그 신비를 상상함에 감복한다.

그렇다면 코끼리를 가장 코끼리답게 하는 시발점이자 중심은 어디일까?

기원전 57년부터 기원후 935년까지 992년 동안 한반도 동쪽과 남쪽 지방을 통치했던 고대 국가 신라는 서라벌-경주라는 빛나는 도읍과 시작과 끝을 함께했다. 서라벌 사람들, 그중에서도 왕국의 주인인 왕족들은 첨성대에서 별을 보고, 석굴암과 불국사에서 기도하고, 죽어 대릉원에 묻혔다. 그런데, 그렇다면 그들은 어디에서 살았을까?

신라의 천년 왕성은 월성月城이다. 월성은 파사이사금 때인 101년부터 신라가 멸망한 935년까지 834년 동안 신라의 궁성이었다. 56대 왕들 중 왕궁 건설을 직접 주도했지만 오래 거주하지는 못한 5대 파사이사금을 제외하면 6대 지마왕부터 56대 경순왕까지 50명의 왕이 살았던 곳이자 통치의 정청政廳이었으며 왕조 국가 신라의 중심이었다.

한데 이상하고도 야릇하다. 경주를 찾았던 사람들의 대부분이 첨성대와 불국사와 석굴암은 알아도 월성은 모른다. 학창 시절 배웠던 역사 교과서에도 없었다. 월성지는 실제로 천년이 넘도록 궁성의 흔적조차 없이 완벽한 폐허로 방치되어 있었다. 이웃한 안압지(동궁과 월지)를 비롯해 대릉원, 황룡사, 남산, 첨성대 등이 월성을 둘러싸듯 자리 잡고 있음에도 정작 그 알짬이 없었다. 삶터를 외면한 채 무덤과 기도처와 천문대 들만 들추고 다녔던 게다. 이토록 기이한 부재不在와 묵살을 어떻게 설명할 수 있을까?

20세기의 마지막 해인 2000년 12월, 유네스코는 경주역사유적지구를 세계 유산에 등재했다. 석굴암·불국사(1995), 해인사 장경판전(1995), 종묘(1995), 창덕궁(1997), 수원 화성(1997)에 이어 '탁월한 보편적 가치Outstanding Universal Value'를 갖고 있는 부동산 유산으로 인정받은 것이다.

유적의 성격에 따라 나뉜 남산 지구, 월성 지구, 대릉원 지구, 황룡사 지구, 산성 지구 등 5개 지구 가운데 월성 지구는 국보 제31호인 첨성대를 비롯해 김씨 왕조의 시조인 알지가 태어난 계림(사적 제19호), 왕궁의 별궁으로 짐작되는 동궁과 월지(사적 제18호), 그리고 왕성인 월성(사적 제16호) 등을 포함한다.

세계 문화유산이자 국가 지정 문화재인 월성은 신라의 궁성지로서 역사적 문화적 가치가 무궁하다. 그럼에도 월성에 대한 조사는 빈약한 내력을 가지고 있다. 쓰라린 진실이지만 '고고학을 꽃피운 것은 제국주의'라는 말이 있다. 제국주의 국가들은 식민지를 개척하는 과정에서 경쟁적으로 유물을 발굴하고 유적을 개발하는 작업을 진행했다. 우리가 미처 못 본 우리 것인 보물을, 그들은 보았다는 이유만으로 자기들의 보물로 취했다. 그 보물들을 주렁주렁 걸고서 제국의 국력을 과시했다.

해방 후 우리 학자들의 손으로 작업이 이루어졌지만 발굴 자체가 계획적으로 진행되었다기보다 우연과 즉흥의 연속이었다. 무령왕릉이 고구마를 캐다가 발견되고, 안압지가 준설 작업을 하는 포크레인에 의해 비밀의 문을 열었다는 것은 웃지 못할 희비극이다. 1970년대 경주개발종합계획이 세워지기 전까지 미추왕릉과 내물왕릉, 황남대총과 천마총으로 가는 길에는 집들이 다닥다닥 붙어 있고 미나리꽝을 비롯해 호박이 주렁주렁 열린 밭들이 펼쳐져 있었다고 한다.

월성도 예외가 아니었다. 제일 먼저 성벽과 주변 상태를 파악한 것은 1910년대 일본인들이었다. 이후 1979~1980년에야 동문지에 대한

조사가 시작되었고 1984~1985년 시굴 조사를 통해 해자의 존재와
건물지 여부가 확인되었다. 국립경주문화재연구소 주관으로 1985년
부터 2010년까지 3기에 걸쳐 발굴 조사를 진행하던 중, 2007~2008년
최초의 전면적 지하 레이더 탐사를 통해 생생한 유구의 존재가 드러
났다.

역사와 시간, 사람에 대한 예의

천년 동안 잠들어 있던 월성을 깨우는 일은 달걀 섬 모시듯 조심
스러울 수밖에 없다. 월성이 속살을 드러낼수록 정비든 복원이든 개
발이든 계획은 계획대로, 고고학자를 비롯한 관계자들의 고민은 고
민대로 깊어진다. 무엇이 역사에 대한, 시간과 사람과 삶에 대한 진
정한 예의일까?

"삼국 시절에 났나, 말은 굵게 한다!"라는 속담이 있다. 신라와 고
구려와 백제 사람들은 정말 굵직굵직한 소리로 천하를 호령했었을
까? 속담은 미력한 후대에게 공연히 큰소리치며 허세를 부릴 때 퉁
바리를 주는 쓰임으로 남아버렸다. 사뭇 말하기에 조심스럽다. 하
지만 월성을 빼고는 신라를 이야기할 수 없다. 시간이 갈수록 더더
욱 그럴 것이 확실하다. 코끼리의 정체를 알기 위해, 결국 그 완전한
모양을 그리는 건 미련한 꿈일지라도, 어루더듬기를 멈추지 말아야
한다.

나는 경주를 헤매며 월성의 현재였던 우리의 과거, 우리의 현재인 월성의 미래, 그리고 우리가 사라진 후에도 끝없이 새로워질 월성의 시간들을 남은 문헌과 현재까지의 발굴조사, 사람과 상상력을 통해 살피고자 한다. 한계가 번연하기에 두려운 일이다. 영화의 천년과 폐허의 천년이 다시 흐른 뒤, 다만 지금 여기에서 알고 느끼고 깨닫는 편린을 기록할 뿐이다.

그럼에도 외람되이 가슴이 뛴다. 신라와 서라벌에 대해 우리는 이미 많은 것을 아는 듯하지만 여전히 많은 것을 모른다. 그리하여 월성이라는 비밀의 열쇠를 품고 경주로 향하는 마음은 이미 알고 있는 것들과 여전히 모르는 것들 앞에 달떠 두근거린다.

코끼리야, 온전한 너를 만나고 싶다!

2022년 여름
김별아

차례

1장
천년을 잠들어 있던 도시

2장
시간을 더듬어 만난 삶의 흔적 _월성 안의 이야기

3장
신라, 무엇을 꿈꾸었던가 _월성 밖의 이야기

| 일러두기 |

1. 이 책은 2019년《경북매일신문》에 연재되었던 칼럼〈월성을 걷는 시간〉을 토대로 수정 보
   완하여 구성하였습니다.
2. 본문에 소개되는『삼국유사』,『삼국사기』의 내용들은 한국사데이터베이스(https://db.history.
   go.kr)를 참고로 작성하였습니다.

1장

천년을 잠들어 있던 도시

처음 만난 월성, 다시 만난 월성
조심스레 얼굴을 드러낸 역사의 속살

황량하고 적막한 비밀을 깨우다

북극의 한기가 남하하면서 한반도를 꽁꽁 얼린 날이었다. 북극 하면 빙하와 에스키모와 새하얀 곰부터 떠오른다. 여름에는 해가 지지 않는 백야 현상이 나타나고 겨울에는 해가 뜨지 않는다는 곳이다. 그런데 뺨이 에이고 손이 얼어붙는 것이 '북극 한파' 때문이라니, 공간의 경계가 일시에 사라진 듯 야릇한 기분이 든다.

월성 앞에 선 기분도 그만큼이나 기묘하다. 동지섣달 칼바람 속에서 시간의 멀미증을 느끼며 천년 왕성의 흔적을 찾아 헤맨다. 조심스럽게 모습을 드러낸 월성의 속살은 비밀 같기도 하고 상처 같기도 하다.

맹추위에 중단한 발굴 조사 구역의 파란 방수천 위로 까마귀 떼가 검은 날갯짓을 하며 날아간다. 영화의 천년과 폐허의 천년이 한꺼번에 물밀어온다.

내가 살면서 월성을 찾은 것은 이번이 두 번째다. 2014년 1월 고3 엄마가 되기 직전에 짬을 내어 혼자 여행을 떠났다. 무작정 잡아탄 버스가 경주행이었던 건 우연이자 필연이었다. 귀향의 안도감과 여행지의 설렘을 동시에 주는 곳, 졸작 『미실』의 무대로 소설 속에서 하세월 뛰놀고도 여전히 미로를 헤매는 느낌을 주는 곳이 경주이기 때문이다.

비수기 평일이라 게스트하우스 4인실을 혼자 썼다. 방은 덥고 건조했다. 아침에 일찍 일어나 버스를 잡아타고 여느 관광객처럼 불국사와 석굴암을 둘러보았다. 그리고 남들이 모두 하듯 대릉원과 첨성대를 '도장 깨기' 한 뒤 도둑괭이처럼 남몰래 오른 곳이 월성이었다.

그때의 월성은 지금의 월성이 아니었다. 그저 석빙고 인근의 도도록한 언덕, 잡풀이 함부로 돋고 오솔길이 맥락 없이 이어진 구릉이었다. 그곳이 신라의 왕성임을 아는 사람은 거의 없었고 간간이 지나는 산책객 외에 일부러 발걸음을 하는 사람은 더더욱 없었다.

패망한 왕조의 쇠락한 왕성, 외적의 침범으로 잿더미가 된 황성 옛터. 월성은 삼한을 통합한 제국의 수성 따윈 까맣게 잊은 채 초식동물처럼 나부죽이 엎드려 침묵하고 있었다. 내 눈에 새겨진 천년 폐허의 마지막 모습은 그러했다.

꼬박 5년이 지난 후 다시 월성을 찾았다. 10년이면 강산이 변한다는데 5년이면 절반쯤은 새롭고 절반쯤은 여전하리라. KTX로 서울에서 포항까지 가서 신문사 미팅을 마친 후 시외버스를 타고 형산강을 따라 경주에 닿았다. 그리 늦은 시간이 아니었는데도 경주의 밤은 어두웠다.

연말이라 숙소를 구하기 여의치 않아 버스 터미널 근처 미니 호텔에 여장을 풀었는데, 아침에 숙소를 나섰을 때는 좀 놀랐다. 동네의 풍광이 요즘 식으로 말하면 '혼돈의 카오스'였다. 야릇한 간판을 내건 모텔, 외국인을 포함해 소박한 여행자들이 모여드는 게스트하우스, 단독 주택과 빌라, 교회와 식당, 심지어 노인 복지 회관과 자동차 정비소가 한동네에 처마를 맞대고 있었다.

"경주가 왜 이렇지?"

인터넷 지도가 이끄는 대로 골목을 지나노라니 건너편 모텔에서 창을 열면 마주할 풍경에 느닷없는 고분이 나타난다. 사는 사람들에게는 익숙한 풍경일지라도 외부인에게는 몹시 낯설고 당황스럽다.

"어디를 파도 유물이고 유적이니 후손들의 궁여지책이 아닐까요?"

이번 여행에 길벗이자 기사 노릇을 할 운전병 만기 전역자 아들의 답이다. 아들은 덕후(마니아) 중에서도 기이한 덕후인 '폐덕(폐허 덕후)'이라 "경주에 내가 좋아하는 모든 것이 모여 있다!"며 흥분해 따라나선 터였다.

그곳이 경주다. 생生과 사死가, 욕망과 허무가 서로 민낯을 바라보고 섰다.

신라 사람들이 그러했던 것처럼. 첫날은 자동차를 이용하지 않고 오직 두 발로 월성을 걸어보기로 했다. 숙소에서 길을 건너자마자 불쑥 나타난 고분은 마총과 금관총을 포함한 노서리 고분군이었다. 거기서 길을 건너면 동남쪽으로 천마총과 황남대총으로 유명한 대릉원이 자리하고, 대릉원에서 길을 따라 가면 첨성대 그리고 계림이 나타난다.

이때부터는 발걸음을 늦추고 상상력의 보폭을 넓혀야 한다. 천 년 전, 천오백 년 전 그때의 사람들처럼 천진하게 혹은 위엄 있게 주위를 둘러본다. 월성 입구에서 3, 400미터 앞쯤에는 오뚝하고 어여쁜 첨성대가 하늘을 향해 머리를 열고 있다.

거기서 월성 쪽으로 더 다가가면 미추이사금을 시작으로 56명 중 38명의 왕을 배출한 김씨의 시조 김알지가 '발견'된 계림이 있다. 지금은 고목古木의 숲이지만 그때는 탄생의 생기를 품은 울울창창한 숲이었을 것이다. 계림을 지나면 주춧돌 자리가 선명한 건물지와 함께 철망을 친 양옆으로 현장 보호를 위한 방수천이 줄지어 있는 구역이 나타난다.

조선의 정궁인 경복궁 광화문 바깥으로 종로를 향해 6조 거리가 형성되어 있듯 신라의 관아 건물로 쓰였을 것이라 추측되는 외곽의 건물지와, 자연 하천인 남천(옛 이름 문천蚊川)과 함께 월성을 외적으로부터 보호하기 위해 인공적으로 조성한 해자垓字, Moat의 발굴 현장이다. 그 사이로 난 조붓한 길을 따라 올라가면 아까의 낮은 구릉이 '열리고' 그 안에 편편한 터가 나타난다. 바로 월성이다.

바람 부는 월성 안으로 한 걸음을 내딛는다. 차갑게 언 땅을 쓸며 흙바람이 뽀얗게 분다. 발굴지로 주목 받은 지 몇 해가 지났건만 2014년 그때와 마찬가지로 인적은 드물다. 지금껏 월성을 찾는 발길은 월성 자체보다 내부에 자리한 석빙고 때문이었다.

석빙고는 옛 시절의 냉장고다. 요즘도 정전이 되면 어둠 속에서 더듬거릴 걱정보다 냉장고가 멈춰 음식이 상해버릴까 하는 걱정이 앞선다. 냉장을 통한 식재료의 보관은 신선함의 유지만큼이나 위생과 보존의 의미가 크다. 그러니 근대 이전의 석빙고는 나라에서 관리할 만큼 중요한 곳이었고 얼음은 임금님이 신하에게 애정의 표시로 내려주는 하사품이기까지 했다.

석빙고가 자리하고 있다는 건 월성이 그만큼 사람이 살기 좋은 조건을 가지고 있다는 뜻이렷다! 하지만 월성 내 석빙고는 신라의 유물이 아니라 조선 영조 때 만든 것이다. 남한에 딱 여섯 개, 안동, 현풍, 경주, 청도, 창녕, 영산에 남아 있는 석빙고라지만 집집마다 냉장고는 물론 김치 냉장고와 냉동고까지 보유한 세상에 대단한 흥밋거리는 아닌 듯하다.

내부를 들여다보니 깊은 석굴이 썰렁하다. 때마침 청소년 자녀를 포함한 가족 한 팀이 구경을 왔다가 석빙고를 보더니 탄식을 터뜨린다.

"애개, 이게 다야?"

어린 학생의 실망한 목소리에 경주로 떠나오기 전 들었던 목소리가 겹친다.

하늘에서 내려다본 월성의 모습. 그 모습이 초승달을 닮아 있다.

"월성? 그게 대체 어디야?"

월성을 취재하러 간다고 말했을 때 주변의 반응은 대개 비슷했다. 나름 식자들이고 경주 여행도 여러 차례 했건만 월성은 잘 모르고, 알아도 역사책에서나 읽었다고 했다. 그들에게 어떻게 월성을 알릴 수 있을까? 새롭게 만들어지는 것들의 숫자만큼, 혹은 그 이상이 빠르게 지워지는 경조부박한 세상에서 무엇으로 잠시나마 천년의 시간을 돌이키게 할 수 있을까?

봄의 생명을 품은 동토

"덕업일신 망라사방德業日新 罔羅四方!"

월성에 오르면 바야흐로 신라가 사방에 펼쳐진다. 지증왕이 '덕업이 날로 새로워져 사방을 망라한다'는 의미로 국호를 '신라'로 정한 뜻이 왕성의 앉음새로도 느껴진다.

월성에서 남산 그리고 남천을 등지고 서면 오른편 동쪽으로 낭산과 토함산이, 왼편 서쪽으로 선도산이, 앞쪽 북쪽으로 소금강산이 우뚝하다. 동북쪽에는 황룡사지와 분황사가, 서남쪽에는 나정과 오릉이, 북서쪽 사선 방향으로는 대릉원과 쪽샘, 노동동과 노서동 고분군이 펼쳐진다. 지금은 도로에 끊겨 나뉘어져 있지만 본디 하나의 궁성이었던 동궁과 월지(안압지), 그리고 경주국립박물관이 자리한 남궁과 성동동 전랑지에 자리했을 것이라 추정되는 북궁까지 포함하면 장대함이 더하다.

신라의 수도 서라벌은 계획 도시였다. 왕성으로부터 뻗어나가는 일직선 대로와 격자형의 택지 조성으로 완벽하게 아름답고 정교했다. 그리고 그 모두의 중심에 월성이 있었다.

물론, 여전히 황량하다. 아직은 적막하다. 하지만 겨울의 동토가 이미 봄의 생명을 품고 있듯 한때 이곳에서 융성했던 왕조의 비밀이 발밑에서 꿈틀거리고 있다.

어떤 사람에게는 눈앞의 보자기만한 시간이 현재이지만, 어떤 사람에게는 조선 시대에 노비들이 당했던 고통도 현재다. 미학적이건 정치적이건 한 사람이 지닌 감수성의 질은 그 사람의 현재가 얼마나 두터우냐에 따라 가름될 것만 같다.

고故 황현산 선생은 산문집 『밤이 선생이다』에서 한 사람의 감수성의 수준이 질적으로 얼마나 높고 낮은가는 현재의 두께감에 좌우된다고 했다. 신라, 경주, 그리고 월성. 그곳에서 느끼는 현재의 두께는 천년인가? 아니면 고작 눈앞의 지금뿐인가?

월성의 동쪽 끝 성벽에 올랐다. 신문사에 들렀을 때 사진부장이 월성에 가면 꼭 찾아보라고 추천한 장소였다. 마침 적당히 편평한 돌까지 있어 걸터앉아 기다리기에 맞춤하였다.

동쪽 성벽에서 내려다보는 바로 아래 국립경주박물관이 있고, 그 안뜰에 일명 에밀레종이라 불리는 성덕대왕신종이 걸려 있다. 성낙

월성 동쪽 성벽에서 내려다본 노을진 풍경.

주의 『에밀레종의 비밀』(푸른역사, 2008)을 통해 성덕대왕신종이 에밀레종의 인신공양 설화보다는 만파식적 기원설(황수영, 1982)에 근접한다는 주장을 매우 흥미롭게 읽은바, 월성 성벽에서도 들린다는 영묘한 종소리를 들어보고 싶었다.

　원래 성덕대왕신종은 봉덕사에 있다가 영묘사로 옮겨지고, 봉황대에 보호되던 것을 국립경주박물관 경내로 이전했다. 문화재 보호를 위해 직접 쳐서 소리 내는 대신 매시간 정각에서 20분 간격으로 녹음한 종소리를 들려준다.

　시간이 되었다. 과연 종소리가, 시인 김광균이 「외인촌」에서 묘사한 '분수처럼 흩어지는 푸른 종소리'가 월성 성벽까지 은은히 닿는다. 3번씩 6번, 18번이 이어지는데, 불가에서 108번뇌를 지우는 의미에서 108번을 줄여 18번 치는 것이라고 한다.

녹음된 소리이니 마냥 감격하기에도 객쩍다. 그럼에도 신비로운 울림만은 부정할 수 없으니, 성덕대왕신종의 종소리가 폐허를 깨우는 장면은 기묘한 떨림으로 오래 기억될 듯하다. 경주, 그리고 월성에 대한 신고식으로는 이보다 더 좋을 수 없다.

이제부터 좀 더 두텁고 풍부한 현재를 위해 천천히 월성의 시간 속으로 들어가 본다. 암호 같기도 하고 북극성 같기도 한 문헌과, 고고학이라는 과학과, 폐허에서 꽃을 피울 수 있는 상상력을 등롱 삼아.

정치의 무대, 권력의 각축장
문헌 속의 월성 1 『삼국사기』

행간을 탐독하다

역사를 소재로 한 소설을 쓰노라니 "어떻게 소설을 쓰느냐?"만큼 이나 자주 듣는 질문이 "어떻게 소재를 얻고 취재를 하느냐?"는 것 이다. 독자들뿐 아니라 연구자들까지 역사를 이야기로 만드는 과정 을 궁금해하는데, 사실 대답은 간단하다.

"공부합니다."

졸작 『미실』을 쓸 때부터 밑도 끝도 없는 공부가 습관이자 의식이 되었다. 일단 그 시대의 기록에 풍덩 빠져 허우적거리다 보면 짐짓 근엄하고 복잡해 보이는 역사 속에서 이야기의 실마리가 보인다. 그 순간 그것을 거머채면 그만이다.

원칙적으로 시작은 정사正史를 읽는 일로부터 출발한다. 삼국 시대는 『삼국사기』, 고려 시대는 『고려사』, 조선 시대는 『조선왕조실록』을 기본으로 하고 이어 기타 사서와 연구 논문과 자료들을 읽는다.

『미실』의 배경은 서라벌, 그중에서도 왕성인 월성이다. 하지만 『미실』을 책으로 펴내고도 한참 후에야 월성 터를 둘러보았다. 장편 『논개』의 배경이 된 진주성 또한 마찬가지다. 소설은 이미 내 손을 떠났는데 뒤늦게 남강 앞에 서서 처절했던 2차 진주성 전투 끝에 6만이 도륙되어 성안에 시체로 첩첩이 쌓이는 상상으로 전율했다.

굼뜨고 미련한 성격 탓이기도 하려니와 문헌의 행간을 탐독하는 일이 현장을 둘러보는 일만큼이나, 아니 때로는 더 상상력을 자극하기 때문이다. 보이지 않기에 더욱 기를 쓰고 상상의 실마리를 찾으려 한다. 1,500여 년 전, 500여 년 전의 흔적을 더듬으며 건조한 문자 사이에 숨은 뜻을 곰파려 한다.

하지만 이번에 월성은 눈으로 보고 발로 밟는 일부터 시작하고 싶었다. 일단 기차표를 끊어놓고 공부를 시작했다. 『삼국사기』와 『삼국유사』를 비롯해 논란은 있으나 빈약한 고대의 기록에 향미를 더하는 『화랑세기』 등을 살펴보기로 했다.

천년 왕성의 탄생 내력

쇠와 돌에 새겨진 글이 아니고서야 추정과 비정比定 사이를 오락가락하는 터이니 비전공자의 실수를 줄이기 위해서는 최대한 몸을 낮추고 보수적인 자세를 취할 수밖에 없다. 허공을 떠도는 망상이 아닌 자유로운 상상을 펼치려면 두 발은 굳게 사실을 딛고 서야 한다.

우선 삼국 시대의 정사 『삼국사기』부터 펼친다. 고려 인종 23년(1145)경 김부식이 편찬한 『삼국사기』에는 신월성新月城, 만월성滿月城을 제외하고 궁성인 '월성月城'이 16회가량 등장한다(「신라본기」 12회, 「잡지」 1회, 「열전」 3회). 월성이라 명명하는 대신 왕성王城, 재성在城이라 쓰기도 하고 월성 내 왕의 거처를 대궐, 궁궐, 왕궁, 대궁大宮 등으로 표현한 대목도 있다. 또한 내전內殿 외에도 일본국 사신을 접견한 조원전朝元殿, 음악 연주를 관람한 숭례전崇禮殿, 활쏘기를 관람한 강무전講武殿, 발을 쳤던 서란전瑞蘭殿, 정사를 돌본 평의전平議殿 등의 전각들과 망은루望恩樓, 명학루鳴鶴樓, 월상루月上樓 등의 누각, 인화문仁化門, 현덕문玄德門, 무평문武平門, 준례문遵禮門 등 문의 이름이 등장한다.

특히 『삼국사기』에서 주목할 만한 대목은 월성이 왕성으로 자리 잡는 내력이다. 월성을 쌓은 사람은 신라의 5대 왕인 파사이사금이다.

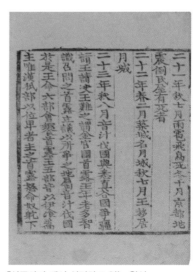

『삼국사기』에서 설명하고 있는 월성.

22년 봄 2월에 성을 쌓고 월성月城이라 이름했다. (…) 가을 7월에 왕이 월성으로 거처를 옮겼다.

『삼국사기』「신라본기」에서는 992년에 이르는 신라의 역사를 상대上代-중대-하대로 나눈다. 시조 혁거세부터 제28대 진덕여왕까지가 상대, 제29대 무열왕부터 제36대 혜공왕까지가 중대, 제37대 선덕왕부터 제56대 경순왕까지를 하대로 구분한다. 『삼국유사』의 상고上古-중고-하고 구분과 조금씩 엇비끼는 것은 유학자인 김부식과 승려인 일연의 관점 차이 때문이다. 일연은 신라 고유의 왕명을 쓴 지증마립간(지증왕)까지를 상고, 불교식 왕명 시대인 진덕여왕까지를 중고, 이후를 중국식 시호 시대인 하고로 나눈다. 한편 김부식은 중대를 신라의 가장 중요한 시기로 꼽는데, 삼한의 통합을 이룬 신라에 유교적인 정치 이념이 자리 잡은 시기를 중대로 보는 것이다.

한 왕조가 1,000년 가까이 이어지는 것은 동서고금을 막론하고 흔치 않은 일이다. 역사라기보다 신화나 전설에 가까운데 일본의 야마토 왕조가 1,750년 동안 이어졌고, 캄보디아 크메르 왕조가 1,210년간 이어진 것이 가장 오랜 기록이다. 신라는 우리가 아는 것보다 훨씬 더 세계사적 중요성을 가진 왕조다.

신라의 우두머리 왕은 처음부터 왕이라는 칭호로 불리지 않았다. 귀인貴人의 뜻을 지닌 거서간, 무당의 방언으로 제사를 숭상한 차차웅, 이齒가 많아 성스럽고 지혜롭다는 의미의 이사금, 그리고 마립간으로 변화했다. 비로소 왕이라는 호칭이 사용된 것은 제22대 지증마

'재성' 문자가 새겨진 연꽃무늬 수막새.

립간(재위 500~514) 때였다.

월성은 5대 파사이사금 22년에 지어졌는데 서기 101년, 신라가 건국한 기원전 57년에서 158년이 지난 후다. 그렇다면 시조인 혁거세거서간, 남해차차웅, 유리이사금, 탈해이사금, 그리고 파사이사금 또한 재위 후 21년쯤은 다른 왕궁에서 살았다는 말씀이다. 월성 이전의 왕궁에 대해서는 『삼국사기』 「잡지」에 자세한 설명이 나온다.

혁거세 21년(기원전 37)에 궁성宮城을 쌓아 금성金城이라고 하였다. 파사왕 22년(101)에 금성의 동남쪽에 성을 쌓고 월성月城이라 하고 혹은 재성在城이라고도 하였는데 둘레가 1,023보였다. 신월성新月城 북쪽에 만월성滿月城이 있으니 둘레가 1,838보였고 (…) 시조 이래로 금성에 거처하다가, 후세에 이르러 두 월성에 많이 거처하였다.

혁거세도 신혼을 '자가'로 시작하지는 않았다. 혁거세거서간이 6부의 촌장들에게 왕으로 추대 받은 것이 13세이니 34세쯤에 자기 손으로 첫 집인 금성을 지은 셈이다. 혁거세의 혼인 시기는 정확하게 알려져 있지 않지만 신부에 대한 기록은 남아 있다. 『삼국사기』에는 혁거세가 즉위하고 4년이 지난 봄 정월에(기원전 53년) 불현듯이 용이 알영정이라는 우물에 나타났다고 기록되어 있다. 용은 어디서 임신해 왔는지 오른쪽 옆구리를 통해 여자아이를 낳았는데, 태어난 우물 이름을 따서 알영이라 불리던 소녀는 자랄수록 용모와 덕행이 빼어나 소문이 났다. 혁거세 또한 태어나기를 보랏빛 알에서 났으니 그의 짝이라면 알영 정도의 특별한 여인이라야 한다. 그래서 그들은 혼인을 한다.

『삼국사기』로 계산하면 혁거세와 알영의 나이 차가 얼추 17년 이상 난다. 그런데 『삼국유사』에는 왕이 된 남자아이 혁거세와 왕후가 된 여자아이 알영이 동갑으로 기록되어 있다. 하긴 동갑이든 띠동갑이든 신비의 단짝에게 무슨 소용이 있으랴?

혁거세와 알영의 신혼집에 대한 정보 또한 『삼국유사』에서 찾을 수 있다. '궁실宮室을 남산 서쪽 기슭, 지금의 창림사昌林寺에 짓고는 두 명의 신성한 아이를 모셔 길렀다'니, 창림사 터는 혁거세가 탄생한 나정에서 걸어서 20분 남짓 거리에 있다. 신혼 첫 집은 남들이 얻어준 집이라서인지 아직까지는 궁터의 흔적도 별다른 이야기도 발굴되지 않았다.

신라의 왕성은 창림사 터의 궁실에서 금성으로, 금성에서 월성으

신라 시대 서라벌 시가지의 가상 모형. 국립경주박물관에 전시되어 있다.

로 이동했다. 월성이 금성의 동남쪽이니 금성은 월성의 서북쪽, 대략 고려 때 석성石城을 쌓은 경주 읍성지나 황룡사 북쪽의 북천 부근으로 비정(김병모, 1984)한다. 금성의 위치에 대해서는 의견이 분분하지만 월성이 현재 경주시 인왕동에 자리했다는 것에 대해서는 이견이 없는 듯하다.

깜깜나라를 밝히는 신비의 빛

월성은 말 그대로 성의 모양새가 초승달 같다고 해서 붙여진 이름이다. 월성을 찍은 위성 사진을 보면 낮 같기도 하고 눈썹 같기도 한 초승달 모양새가 선명하다. 알천(북천), 문천(남천), 모량천(서천)의 세 물줄기를 끌어안은 월성은 어섯눈으로 봐도 상서로운 알짜배기 땅이다. 그런데 파사이사금이 그곳에 궁성을 짓기까지는 전왕인 탈해이사금의 역할이 컸다.

문명의 조명이 없는 고대의 깜깜나라를 밝히는 것은 신비다. 본래 왜국의 동북쪽 1천 리에 있다는 다파나국의 왕자였으나 알에서 태어났다는 이유로 버려져 금관국을 거쳐 진한의 아진포에서 거둬진 석탈해는 9척(2미터 14센티미터)의 잘생긴 이방인이었을 뿐만 아니라 풍수지리에도 재능이 있었는지 그 상서로운 땅을 단번에 알아본다.

석탈해는 처음에 고기잡이로 생업을 삼아 어미를 공양했는데 게으른 기색이 전혀 없었다. 어미가 말했다.

"너는 범상한 사람이 아니고 골상이 특이하니 배움에 정진해 공명을 세워라."

이에 오로지 학문에 정진하고 아울러 지리를 알았다. 양산楊山 아래 호공瓠公의 집을 바라보고 길지라고 여겨 속임수를 내어 차지하고 이곳에 살았다. 이곳은 뒤에 월성이 되었다.

하지만 아무리 땅이 좋아 보여도 엄연히 주인이 있는데 속임수를 내어 차지하다니! 천년 왕성의 토지 취득이 비합법적이거나 비도덕적이었다면 좀 찜찜하지 않은가? 그 '속임수'가 어떤 내용이었는가는 『삼국유사』에 자세히 나온다.

때는 남해차차웅 시절, 석탈해는 토함산에 올라 굽어보다 찾은 '오래 살 만한 곳'을 얻기 위해 꾀를 낸다. 몰래 숫돌과 숯을 그 집 근처에 묻고 이튿날 아침 찾아가서는 대뜸 큰소리친다.
"여기가 본디 우리 조상의 집이었소!"
집주인인 호공으로서는 아닌 밤중의 홍두깨, 청천 하늘에 날벼락이 아닐 수 없다. 이러니저러니 실랑이를 벌이다가 결국 관가에 가게 되었는데 관에서 석탈해에게 묻는다.
"무엇으로써 너의 집임을 증명하겠는가?"
"우리 집안은 본래 대장장이였는데, 잠시 이웃 고을에 가 있는 동안 다른 사람이 빼앗아 살고 있으니 그 땅을 파서 조사해 주십시오!"

마음먹고 속이려는데 속지 않을 재주가 없다. 땅을 파니 과연 미리 묻어둔 숫돌과 숯이 드러나는지라 석탈해는 호공의 집을 홀딱 집어삼키게 되었다. 그런데 호공은 백주대낮에 속임수로 집을 빼앗기고도 석탈해에게 원한을 품거나 신라 왕조에 반감을 갖지 않는다.
이 이야기에 대한 교과서적 정답은, 선진적인 철기 문화를 가진 도래 세력에 의해 토착 세력이 밀려나는 것을 상징화했다는 것이다. 그런 맥락에서 벽초 홍명희의 아들인 국어학자 홍기문이 의심한 대로 호공은 단순한 사기극의 피해자 한 사람이 아니라 특정 집단을 상징할 가능성이 크다. '대장장이' 집안 출신임을 자부한 석탈해는 철기 문화를 가진 도래 세력을 상징하는 인물이고 호공은 토착 세력의 대표인 셈이다.

호공은 그 후로도 기록에 자주 등장한다. 혁거세거서간 38년(기원전 20)에 마한에 사신으로 가는가 하면 탈해이사금 9년(기원후 65)에 계림에서 김알지를 발견한다. 그런데 계산이 좀 이상하다. 앞뒤를 따지자면 김알지를 발견할 당시 호공의 나이는 적어도 100살! 그래서 호공을 개별 인물이 아닌 박[瓠]의 문화를 대표하는 박씨 호공족으로 보는 견해도 있다. 호공은 월성 자리의 집터를 석탈해에게 사기당해 홀라당 빼앗긴 게 아니다. 결국엔 속고 속이는 일이 다 정치적 기술(!)이었던 게다.

권력이란 무엇인가? 사전적인 의미로 권력은 남을 복종시키거나 지배할 수 있는 공인된 혹은 제도화된 권리와 힘을 말한다. 철학자 한병철에 의하면 '권력을 얻었을 때 생기는 쾌락의 감정은 자유의 감정'이다. 반대로 권력이 없다/잃었다는 것은 자신을 상실하고 타자에게 내맡겨졌다는 의미다. 남을 지배하려는 충동이 없을지라도 최소한 남에게 지배당해 끌려다니고 싶지는 않은 것이다.

그래서 권력에는 쟁투가 따르기 마련이다. 빼앗고 뺏기지 않으려 필사적인 피의 싸움을 벌이게 된다. 왕성인 월성은 그 혈투극의 주 무대가 될 수밖에 없었다.

진평왕 53년(631) 흰 개가 월성 담장[宮墻]에 올라가더니 칠숙과 석품이 반란을 일으켰다. 진덕왕 원년(647)에는 비담과 염종이 명활성에 주둔한 채 월성에 머문 왕의 군대와 열흘 동안 대치했다. 혜공왕 4년(768) 호랑이가 월성 안에 들어오더니 대공과 대렴이 반란을 일으켜 33일간 왕궁을 에워쌌다. 혜공왕 16년(780)에는 누런 안개가 끼고 흙비가 내리더니 김지정이 반란을 일으켜 궁궐을 에워싸고 왕과 왕비를 죽이기도 했다.

『삼국사기』 속의 월성은 신라의 흥망성쇠와 함께한 왕정王政의 중심이다. 사람이 사는 월성에서 느닷없이 설치는 흰 개와 호랑이, 갑자기 몰아친 누런 안개와 흙비는 왕권을 위협하는 반란의 징조였다. 신라의 정치는 모두 월성에서 비롯되고 마감되었다.

산골짜기에 흩어져 살던 여섯 촌락의 사람들이 알에서 태어난 왕을 받들어 나라를 세우고, 성을 쌓고 넓히고 보수하고, 외적의 침입으로부터 맞서 지켰다. 삼한을 통합하는 위업을 세우며 한때 국제적인 '황금의 나라'를 건설했으나 반란과 실정으로 쇠락하여 끝내 역사의 뒤편으로 사라졌다.

그 천년 드라마의 무대이자 목격자로서 월성은 묵묵했다. 그리고 다시 천년이 지나 폐도의 '황성 옛터'인 채로 월성은 우리를 지켜보고 있다.

신비와 이적이 난무하는 고대 판타지
문헌 속의 월성 2 『삼국유사』와 『화랑세기』

월성을 바라본 다른 눈길들

육당 최남선은 『삼국사기』와 『삼국유사』 중 하나를 택해야 한다면 서슴지 않고 후자를 택할 것이라고 했다. 시인이자 연구자인 고운기는 『삼국유사』를 한마디로 '길 위의 책'이라고 했다. 사가史家들보다 작가들이 사랑한 책, 『삼국사기』의 사史와 달리 일 혹은 이야기라는 뜻의 사事를 쓰는 『삼국유사』에는 '월성月城'이라는 단어가 8회 등장한다.

『삼국사기』에 나오지 않는 월성의 세부도 『삼국유사』를 통해 확인된다. 해와 달이 된 연오랑과 세오녀 부부가 신라의 어둠을 걷어내라고 보내준 비단 국보를 간직한 귀비고貴妃庫는 월성 안에 자리한 창고였다. 문무왕과 김유신의 영혼이 후대를 위해 보낸 대나무로 만든 국보 만파식적을 간직한 나라 창고인 천존고天尊庫도 있었다.

『삼국유사』에 기록된 궁성 서쪽의 귀정문歸正門은 궁녀들이 출입하는 문인 동시에 경덕왕이 누각에서 차를 마시며 충담사가 지어 바친 노래 「안민가」를 들었던 곳이다. 천존고에 보관한 만파식적을 일본 왕이 보여달라고 자꾸 조르니 그 흉심이 걱정된 듯 옮겨 간직한 내황전內黃殿도 월성의 일부로 여겨진다.

경덕왕 때 궁 안의 우물이 마를 정도로 가뭄이 심하기에 대현법사가 『금광경金光經』을 강론하며 단비를 빌자 일곱 길이나 되는 물이 솟아났다는 금광정金光井은 월성의 보배로운 우물이었을 것이다.

혜공왕 때 혜성이거나 별똥별이었을 천구天狗가 떨어진 동루東樓, 뜰 안에 별 세 개가 떨어져 땅속으로 들어갔다는 북궁北宮, 헌강왕이 잔치를 할 때 지신地神이 나와서 춤을 추었다는 동례전同禮殿도 등장한다.

『삼국사기』와 『삼국유사』에 대한 비교는 학교 시험 문제로 나올 정도로 차고 넘친다. 『삼국사기』가 기전체의 관찬官撰 사서라면 『삼국유사』는 기사본말체의 사찬私撰 사서라는

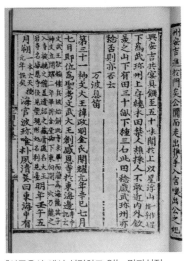

『삼국유사』에서 설명하고 있는 만파식적.

단골 기출 문제부터, 『삼국사기』의 편찬자인 김부식과 『삼국유사』를 편찬한 일연에 대한 비교까지 하고많다. 150년의 간극을 두고 쓰인 두 권의 책을 시시콜콜 비교하는 것이 얼마나 의미 있고 중요한지는 잘 모르겠다. 다만 김부식과 일연이 역사와 시간, 그리고 사람을 바라보는 시선이 달랐다는 것은 확실하다.

대저 사람들은 자기가 아는 만큼 볼뿐더러 관심만큼 느낀다. 그 관심이란 결국 자신의 처지와 이해 요구에서 비롯될지니, 스물두 살에 관계에 진출해 이자겸과 묘청의 난을 물리치고 승승장구한 정치가 김부식과, 아홉 살에 출가해 국사의 자리에까지 올랐으나 세속의 인연을 끊지 못하고 나병을 앓는 어머니를 돌보기 위해 고향 경주로 돌아온 일연이 어찌 같은 눈길로 세계를 볼 수 있을까?

그럼에도 불구하고 1142~1145년, 1277~1281년으로 추정되는 각각의 집필 시기에 김부식과 일연의 나이는 공통적으로 70대 어림이었다. 공자는 70세를 종심從心이라 부르니, '마음이 하고자 하는 바를 좇아도 법도에 어긋나지 않는' 시기다. 김부식도 일연도 혼란한 세상을 종횡하며 혜견慧見과 입관入觀의 경지에 이르렀을 터, 참으로 역사를 쓰기에 좋은 때였으리라.

귀신의 아들 비형랑

『삼국사기』와 『삼국유사』 속의 월성은 하나일지나 마치 다른 곳인

양 그려진다. 『삼국사기』의 월성이 신라 왕정의 중심이었다면, 『삼국유사』 속의 월성은 세오녀가 짠 고운 비단처럼 펼쳐지는 신라인들의 꿈과 소망의 무대다. 『삼국사기』에서 짐짓 엄격히 다루는 신비와 이적異蹟도 『삼국유사』에서는 지극히 자연스러운 일이 된다.

왕들은 알에서 태어나고, 용이 뱀보다 더 자주 출몰하며, 귀신들은 수시로 인간과 통한다. 과학적 합리주의에 익숙한 현대인에게는 고대의 판타지가 황당해 보일 수 있다. 좋은 판타지는 거대하고 치밀한 상징이라 빽빽한 나무들에 둘러싸인 채 숲을 보기는 쉽지 않다.

단군 신화가 천신을 믿는 환웅족과 곰 토템 사상을 지닌 웅족의 결합을 상징하는 종족 통합 신화였다거나, 난생 신화는 건국 시조에게 초인적인 권위를 부여하기 위해 만들어진 탄생설이라는 해석으로 근거를 찾기도 한다. 하지만 친절한 과학적 설명 이전에 신비를 그저 신비로 상상하며 느껴보는 건 어떨까? 아주 위험하거나 너무 불편하지 않다면 말이다.

진평대왕이 그 이상한 소문을 듣고 [비형을] 궁중으로 데려다 길렀다. 나이가 15세가 되자 집사執事라는 직책을 주었다. [비형이] 매일 밤 멀리 나가서 놀자 왕이 용사 50명을 시켜 지키게 하였으나 매번 월성을 날아 넘어 서쪽 황천荒川 언덕 위에 경성京城의 서쪽에 가서 귀신의 무리를 거느리고 놀았다. 용사들이 숲속에 매복하여 엿보니 귀신들은 여러 절에서 울리는 새벽 종소리에 각각 흩어지고 비형랑도 역시 돌아가는 것이었다. 용사들은 돌아와서 이

사실을 보고하였다. 왕이 비형을 불러 묻기를 "네가 귀신을 거느리고 논다는 말이 사실이냐" 하자 비형랑이 대답하길 "그렇습니다" 하였다. 왕이 "그러하면 너는 귀신의 무리를 이끌고 신원사神元寺의 북쪽 도랑에 다리를 놓아보도록 하여라" 하였다. 비형은 칙명을 받들고 그 무리들로 하여금 돌을 다듬어 하룻밤 사이에 큰 다리를 놓았다. 그런 까닭에 귀교鬼橋라 한다.

여기 밤마다 월성의 담장을 날아 넘는 사내가 있다. 이름은 비형. 비형랑은 『삼국사기』에 없는 인물로 『삼국유사』 「기이편」에 그야말로 기이하게 등장한다. 그의 아버지는 진지왕(의 혼백), 어머니는 도화녀다.

진흥왕의 둘째 아들인 진지왕은 4년(576~579)을 재위하고 물러나는데, 『삼국사기』에는 직접적인 폐위 원인이 나타나지 않지만 『삼국유사』에는 '정치가 문란하고 주색에 빠져 음탕하므로 나라 사람들이 임금 자리에서 몰아냈다'고 나온다. 폐위된 진지왕은 2년 후 죽고, 그 혼백이 과부가 된 도화녀 앞에 나타나 생전에 유부녀였기에 포기했던 회포를 풀고 비형을 낳았다는데…….

일단은 묻지도 따지지도 말고 신비를 따라가 본다. 아이는 귀신의 자식이다. 귀신은 정치권력의 각축전에서 아무런 힘도 발휘하지 못한다. 사촌형이 왕이고 아버지가 왕(의 혼백)이었다지만 사생아인 셈이니 궁궐에 살아도 감옥이나 매한가지다.

그는 월성의 담을 뛰어넘어 어둠을 뚫고 달려가 엇비슷한 처지의 귀신들을 만나 밤새도록 노닌다.

보통 사람이 할 수 없는 일을 하니 귀신이다. 귀신들은 하룻밤 사이 큰 다리를 놓으라는 얼토당토않은 칙명도 거뜬히 수행한다. 비형랑이 거느리고 노는 귀신 무리의 정체가 무엇이었는지는 다리를 놓은 다음 이어지는 기사를 통해 추측할 수 있다.

> 왕이 또 묻기를 "귀신의 무리 가운데에서 인간의 모습으로 나타나 조정을 도울 만한 자가 있느냐?" 하자 [비형이 말하기를] "길달吉達이란 자가 있사온데 가히 국정을 도울 만합니다." 왕이 말하기를 "데리고 오도록 하여라" 하였다. 이튿날 비형이 길달과 함께 [왕을] 알현하니 [길달에게] 집사라는 관직을 내렸는데, 과연 충직한 것이 비길 자가 없었다. 이때 각간 임종이 자식이 없었으므로 왕이 명령하여 아들로 삼게 하였다. (…) 하루는 길달이 여우로 변하여 도망을 갔으므로 비형이 귀신들로 하여금 그를 잡아 죽이게 하였다. 그러므로 그 귀신의 무리들은 비형의 이름만 듣고도 두려워하며 달아났다. 당시 사람들이 노래를 지어 부르기를 "성스런 임금의 혼이 아들을 낳았으니 여기가 비형랑의 집이다. 날고뛰는 잡귀의 무리들은 이곳에 머물지 말라." 나라의 풍속에는 이 글을 붙여서 귀신을 물리친다.

비형랑이 천거한 길달 역시 '귀신'이었다. 능력 있고 충직하나 아비가 없기에 신분 사회에서는 사람 취급을 받지 못했던 게다. 하지만 양부를 얻고 벼슬까지 받고도 길달은 여우로 변해 도망쳤으니 종내 체제의 질서에 순응하지 못한 아웃사이더였다. 비형랑이 통합을 저해하는 이탈자를 색출해 제거하니 후일 민간에서 귀신을 쫓는 벽사의 신통력을 가진 존재로 여겨지기에 이르렀다.

졸작 『미실』에도 비형랑이 등장한다. 드라마의 주인공이 가진 출생의 비밀도 밝혀진다. 그 비밀의 문을 여는 열쇠는 『삼국사기』와 『삼국유사』가 현존하는 사서의 전부인 듯했던 고대사에 뒤늦게 등장한 문제작 『화랑세기』다.

고운기의 저서 『삼국유사 글쓰기 감각』 제1장의 세부 목차는 '이야기꾼 일연', '시대의 충실한 일꾼 김부식', 그리고 '또 한 사람 김대문'이다. 바로 그 김대문이 자신의 조상을 포함한 화랑의 우두머리인 풍월주들의 계보를 풀어쓴 책이 『화랑세기』다.

1989년 경남 김해에서 발견된 『화랑세기』 필사본이 704년 김대문이 저술한 『화랑세기』와 동일한 것인지는 여전히 확실치 않다. 재야 사학자 박창화가 일제 강점기에 베껴 썼다는 『화랑세기』 필사본에 대한 진위 논쟁이 한소끔 달아올랐다 현재 지지부진하지만, 새로운 금석문과 획기적인 고고학적 성과가 아니라면 앞으로도 '진짜파'와 '가짜파' 사이의 접점을 찾기는 쉽지 않을 듯하다.

그럼에도 불구하고 흥미로운 점은 『삼국사기』의 역사와 『삼국유사』의 신비가 『화랑세기』 필사본의 이야기를 통해 더욱 선명해진다는 것이다. 『화랑세기』 필사본에서 진지왕은 미실과의 약속을 어기고 독주하다가 폐위되어 유폐된다. 물론 백성들은 왕이 산 채로 간혀 있다는 것을 모르고 죽은 줄만 알았을 것이다.

이때 폐위된 진지왕이 과부가 된 도화녀와 재회하여 낳은 아이가 비형랑이고, 비형랑은 화랑이지만 신분의 제약으로 풍월주가 되지 못한 채 자기와 비슷한 처지의 무리와 어울린다. 하루아침에 다리를 놓을 만큼 능력이 출중했던 비형랑과 그의 친구들, 그들을 귀신으로밖에 치부하지 않았던 신분제 사회의 모순이 설핏 드러난 이야기가 아닌가?

비형랑이 김용춘과 동일 인물이라는 설(김기흥, 1999)을 믿는다면, 비형랑의 아들 김춘추가 왕좌에 오르니 성골에서 진골로 헤게모니가 넘어가는 데는 귀신의 힘만큼이나 절묘한 비방이 필요했으리라!

『화랑세기』 진위 논쟁과 월성

『화랑세기』 필사본에는 '월성'이라는 단어가 나오지 않는다. 대신 궁주宮主들과 대궁大宮이라는 표현으로 존재가 드러난다. 『화랑세기』 필사본 속의 월성은 신국神國에만 존재하는 '신국의 도道'가 현현하는 사랑과 삶의 터전이다. 후세의 기준으로는 음란하고 방종해 보일지 모르나 그들은 자연의 일부분으로서 욕망에 솔직하며 다만 자기의 시대를 힘껏 살아낸 것일지도 모른다.

기존의 『화랑세기』 필사본 진위 논쟁에서 '진짜파'가 내놓은 증거 중 하나는 월성과 관계가 깊다. 5세 사다함 편의 한 대목이다.

금진 낭주는 평소에 색에 빠졌다. 많이⋯ 무관랑을 몰래 들였다. 무관랑은 사다함을 대하기가 어려웠는데⋯ [사다함이] 위로하여 말하기를 "네가 아니라, 어머니 탓이다. 나와 더불어⋯ 벗으로 어찌 작은 혐의를 문제 삼겠는가" 하였다. 금진이 듣게 되어⋯ 스스로 도리를 알았다. 나에게 너그러운 것은 곧⋯ 무관랑⋯ [사다함이] 함께 출입하였다. 낭도들 중에 옳지 않다고 생각하는 사람이 많았다. 무관랑은 도망하고자 하여 ⋯밤에 궁의 담宮墻을 넘다가 구지溝池에 떨어져 다쳤다. 얼마 지나지 않아 죽었다.

금진 낭주는 5세 풍월주 사다함의 어머니다. 사다함의 부관인 무관랑은 금진의 유혹에 빠져 부적절한 관계를 맺었으나 상관이자 벗을 속이는 죄책감 때문에 괴로워하다가 마침내 관계를 끊고자 한다. 한데 얻어먹을 것도 옆집 노랑강아지 때문에 못 얻어먹는다던가? 하필 결정적인 개심改心의 순간 월성의 궁장을 넘다가 실족하여 구지에 떨어져 죽고 만다.

1984년 이전에는 월성 주변에 해자가 있었던 사실을 알 수가 없었다. 신라인들이 해자를 '구지溝池'라고 불렀다는 사실도 뒤늦게 확인되었다. 1962년에 죽은 박창화가 어찌 이런 비밀을 모두 알고 '소설'을 썼단 말인가? 무관랑이 떨어진 구지에 대한 기록이 『화랑세기』 필사본의 신빙성을 확인해 주는 하나의 근거가 된다(이종욱, 1997)는 것이 '진짜파'의 주장이다.

주류 사학계의 저울이 위작 쪽으로 기울어져 있다고 할지라도 『화

신라인들이 '구지'라고도 불렀던 월성의 해자.

랑세기』 필사본 발견 이후의 신라 연구는 그에 빚진 부분이 아주 없
지 않다. 한반도에 존재했던 왕조들을 통틀어 신라에만 여왕의 존재
가 가능했던 배경이라든가, 14수만 달랑 남았다고 알려진 향가에 새
로운 향가가 더해질 가능성이라든가 하는 것이 연구에 활력을 더하
는 셈이다. 앞으로 월성의 발굴이 본격화되면 더 많은 쟁점들이 밝
혀지고 새로이 충돌할 것임에 천년의 비밀 앞에서 가슴이 설렌다.

폐허를 노래하다
문학과 월성

천년이 무색한 신라의 화무십일홍

열흘 붉은 꽃은 없다던가? 천년은 영화, 그리고 다시 천년은 폐허였다. 신라의 패망으로 더 이상 왕성일 수 없는 월성은 고려의 지배하에 300여 년 동안 방치된 채 잊혔다. 한때 '황금의 나라'의 왕궁으로서 휘황했던 궁궐은 햇빛과 눈비와 바람과 이슬에 바래고 삭아갔다. 아니, 아무리 그렇대도 어쩌자고 흔적조차 말끔히 사라졌단 말인가?

이에 대해 고고학계는 자연 풍화와 함께 몽골이 침입해 황룡사를 불태우면서 인접한 왕궁과 왕성이 모두 불타 소실됐을 것으로 추정한다.

첨성대는 우뚝이 남아 있으나 문물은 간데없고, 신라의 쇠망이 남의 일 같지 않음에 정몽주는 한숨처럼 슬픔을 읊는다.

고려 고종 25년(1238) 몽골이 3차 침입했을 때, 몽골 지휘관 탕고는 의주에서 서경(평양)과 남경(서울)을 지나 동경(경주)에까지 닿는다. 몽골의 기병은 바람처럼 빨랐다. 철제 갑옷이 없어서 못 입은 게 아니라 전광석화 같은 기동력을 위해 그들은 춥든 덥든 가볍게 입고 유라시아 대륙을 휘저었다.

몽골군은 적이 저항하거나 복수전을 펼칠 때는 노인부터 아이까지 한 사람도 남기지 않고 학살했다. 칭기즈 칸의 군대가 휩쓸고 지나간 13세기에 3천만에서 6천만 명에 달하는 세계 인구가 줄었다고 전한다. 그들은 정복하는 대신 약탈하고 떠난다. 무주공산의 경주는 그 무도한 말발굽 아래 맥없이 무너졌다.

몽고병이 동경에 이르러 황룡사탑을 불태웠다.

_『고려사』 고종 25(1238) 윤4월

몽고의 병화兵火로 탑과 장육존상과 전우殿宇가 모두 불탔다.

_『삼국유사』 「탑상편」

월성이 표기된 가장 오래된 고지도는 17세기의 『동여비고』 '경상도 중부' 지도다. 지도에서 월성은 산 아래 또렷이 자리 잡고 있다. 금성이나 만월성, 명활성 등은 때에 따라 빠지거나 심지어 위치가 조

조선 후기 전국을 그린 지도책인 『동여비고』에서 경주에 대한 부분.

금씩 달라지는 데 비해 월성만은 『대동여지도』에 이르기까지 경주 지방을 그린 조선의 지도에서 빠지지 않고 존재감을 드러낸다.

　하지만 자세한 풍경을 찍은 사진은 일제 강점기에 이르러서야 볼 수 있다. 1914년 도리이 류조가 제1차 월성 조사 당시 찍은 월성의 전경은 논밭이 된 성안과 둔덕으로 남은 성벽뿐이다.

시인들이 찾은 폐허

아무것도 보이지 않을 때 보이지 않는 것들을 노래하는 사람들이 있다. 보이지 않는 것들에 대한 노래가 바로 문학이다. 월성이 불타거나 침식해 사라진 후에도 월성을 노래한 문학은 남았다. 우리는 그것을 통해 보이지 않는 것을 본다. 천년이 훌쩍 지난 지금도.

> 첨성대는 반월성에 우뚝 서 있고
> 옥피리 소리는 만고의 바람을 머금었구나.
> 문물은 이미 신라와 함께 다하였건만
> 슬프다. 산과 물은 고금이 같구나.

월성에 대한 가장 오래된 시는 『포은집』에 실린 정몽주의 「첨성대」다. 『포은집』은 세종 21년(1439) 정몽주의 두 아들이 아버지의 글을 모아 펴낸 문집이다. 조선 개국의 일등 공신 정도전마저 '도덕의 으뜸'이라고 찬했다는 고려의 충신 정몽주는 선죽교에서 이방원의 수하에게 암살당하기 전 언제쯤인가 경주를 다녀갔나 보다. 그때도 첨성대는 우뚝이 남아 있으나 문물은 간데없으니 신라의 쇠망이 남의 일 같지 않음에 정몽주는 한숨처럼 슬픔을 읊는다.

국운이 쇠퇴하는 시기가 아니더라도 폐허가 된 월성의 풍광은 여행자들을 애상에 젖게 했다.

옛 시절은 사라졌으나 첨성대는 여전히 많은 이들에게 신라 경주의 상징이 되고 있다.

외로운 성 약간 굽어 반달을 닮았는데
가시덤불은 다람쥐 굴을 반쯤 가리웠구나.

_이인로, 「반월성」, 『동문선』, 1478

아득히 지난 일을 물어볼 데라곤 없으니
모든 것이 쓸쓸하여 흥망이 서글퍼지네.
흐르는 물은 일천 년 오래된 나라와 같고
찬 연기는 마흔여덟 왕의 무덤과 같네.
첨성대 위에는 배 주린 까마귀가 모여들고

반월성 곁에는 들송아지가 올라가 있네.

분황사 가에는 붉은 사립문이 닫혀 있고

겨울 다리를 석양에 중이 혼자 건너가네.

_이유원,「회고시-동경회고」,『임하필기』, 1871

페이소스가 짐짓 감상적으로 흐르는 경우도 없지 않지만, 조선 시대 시가에 드러난 월성의 모습은 고고학적 발굴과 과학적 조사가 진행되는 현재도 참고할 만한 데가 있다.

조선조 내내 월성은 말 그대로 '빈 동산'이었다. 궁전은 먼지가 되어 흩어졌다. 새는 제멋대로 정적을 깨며 지저귄다. 우거진 풀숲에서 사슴과 노루가 뛰어다닌다. 무지렁이들은 월성의 흙을 파다가 농가의 벽을 바른다. 이처럼 '땅도 늙고 하늘도 황폐해 다만 능곡뿐'(조위, 「반월성」,『속동문선』, 1518)인 궁터 앞에 서면 절로 인간사의 무상함을 느끼지 않을 수 없다.

히브리의 「시편」은 "죽지 않고 영원히 살 자가 어디 있으며, 누가 저승에서 자기 영혼을 빼내겠는가?"라고 묻고, 신라의 월명사는 「제망매가」에서 "삶과 죽음이 여기 있으매 두려워, 나는 가노라 말도 못다 이르고 가느냐"고 탄식한다. 메멘토 모리Memento mori, '죽음을 기억하라!'는 오래된 잠언은 시작이 있으면 끝 또한 있음을 상기한다. 죽음을 통해 삶의 오만함을 경계하는 것이다.

그래서 월성의 폐허 앞에서 살아생전 부귀영화의 무상함을 깨닫고 속세를 떠났다는 최치원을 떠올리는 시가들이 종종 눈에 띈다.

최치원의 호는 고운孤雲과 해운海雲이다. 신라의 천재로 당나라 유학
파였으나 6두품이라는 신분의 한계를 절감하고 경주를 떠나 부산
해운대에 머물다 가야산으로 들어가 신선이 되었다는 전설의 주인
공이다.

고운 학사는 바로 시선詩仙이었기에
천재에 높은 명성 만인에게 전해오는데
어젯밤 꿈속에 분명히 서로 만나보았네.
계림의 숲가 반월성 변두리에서.

일찍이 해운대에 올라 사방을 조망하면서
고운을 부르려다가 한번 웃음을 지었지.
듣자 하니 그는 이미 청학 타고 떠났는데
동문을 깊이 잠그고 돌아오지를 않는다네.

_서거정, 「꿈에 계림을 유람하다가 학사 최치원을 방문하다」,

『사가집』, 1488

그럼에도 죽음을 기억하며 산다는 것은 괴롭기도 하려니와 어려
운 일이다. 어리석은 자들은 죽지 않고 영원히 살듯 여기며 죽음을
말하는 것 자체를 터부시한다. 허나 다른 한편으로 생각해 보면, 영
생불멸까지는 아닐지라도 죽음을 깜박 잊고 살기에 그토록 치열하
게 싸우고 사랑하고 미워하고 욕심을 다할 수 있는지 모른다.

한 어미의 자식도 아롱이다롱이려니 때로는 천년 월성의 천년 폐허 앞에서 '다른 생각'을 하는 사람들도 있다.

> 계림 숲 우거진 반월성은
> 그야말로 옛날 왕성 터이지.
> 천년 왕업 낙엽처럼 진 뒤
> 화류가 한창 분분히 번성했지.
> 그대 좋은 계절에 돌아가니
> 농염한 미색이 눈길 빼앗으리.
> 꽃구경하다 여가가 있거든
> 귀찮더라도 자주 소식 전해주오.

이행의 「임소인 영남으로 돌아가는 소도사를 전송하다」에는 조선 시대 경주의 또 다른 풍경이 등장한다. 이행은 조선 중기 연산군-중종 때의 문신으로, 사후 문집 『용재집』(1589)에 실린 이 시가는 도사都事인 벗을 만났다 헤어지며 지은 것으로 보인다. 도사는 관찰사와 함께 지방을 순력하고 규찰하는 임무를 담당하는 벼슬이다.

기쁘게 보내는 환송이 아니라 서운해 보내는 전송이라 그랬을까, 중앙 관리에 비해 홀시되는 지방 관리로 떠나는 벗이 안쓰러워서였을까? 분명 이별 파티에 거나하게 취했을 터, 술김인지 홧김인지 화류며 미색이며 유학자의 시에는 좀처럼 등장하기 어려운 날것의 욕망이 쏟아진다.

쪽샘 지구는 4~6세기에 조성된 신라 왕족과 귀족의 집단 묘역으로, 경주시 황오·황남·인왕동 일대에 분포해 있다. 쪽샘유적발굴관을 둘러보아도 좋다.

패망과 폐허의 끝에는 부패와 타락이 똬리를 트는 법! 조선시대 경주는 생뚱맞게도 화류항으로 유명했나 보다. 문득 주워듣기로 신라 귀족들의 묘역인 쪽샘 지구가 1960~1970년대에는 요정 100여 곳이 성행하는 유흥가로 이름을 날렸다니, 그 또한 기이하고 유구한 역사랄까.

정조 임금의 위로

문학 속에 남은 월성은 흰 재와 검은 그을음의 폐허뿐이다. 고려와 조선을 거치는 동안 신라는 까마득한 과거로 밀려났다. 그런 의미에서 개인적으로 개혁 군주라기보다 보수주의자에 가깝다고 생각하는 정조 임금이 「월성에 있는 신라 시조왕의 사당에 올리는 제문」(정조 16, 1792)을 지어 바친 것은 의미 있는 일이다. 정조의 문집인 『홍재전집』(1814)에 실린 제문의 시가는 폐허의 송가頌歌이자 옛 왕조를 위로하는 글이다.

동해의 모퉁이
양산의 언덕에
복숭아꽃과 박잎의 이야기는
아득한 옛적의 제해였네.
신인을 독생하여
육부의 진한에
사로국을 건국하니
왕호는 거서간이었네.
육십일 년의 평생에
무성하게 거친 초목을 제거하니
수자리엔 야경꾼의 딱따기 소리가 없어 잠자리가 편안하고
들에는 뽕나무 가지가 잘 자라 의식이 풍족하였네.
세대를 점치니 천년인지라
멀리 주나라의 역년曆年에 이르니
명활산과 금성에서

아직도 처음의 자취를 기억하겠네.

아, 우리 열조에서

높이 보답하기에 허물이 없었으니

사당에 위패를 봉안하고

왕릉에 비석을 세웠다네.

돌아보건대 내가 광세曠世의 감회가 있어

문득 이날에

제관을 보내어 정성을 드리게 하노니

멀리 잔을 드림이 있나이다.

삼가

생폐와 예주醴酒 서직黍稷 등의

여러 가지 제물로써

경건히 밝은 제사를 드리오니

흠향하길 바라나이다.

불탄 자리에도 새로운 생명이 돋나니, 세월과 기억 속에 지워진 월성이 언젠가는 천년 왕성의 아름다운 위엄을 되찾는 날도 오고 말리라.

월성을 노래한 현대시를 찾아보려 여러 날을 궁싯거렸으나 게으르고 미련한 탓인지 좀처럼 찾기 어렵다. 혹여 시인들의 눈길이 아직 월성에 닿지 않았다면, 기어이 폐허 속에서 황금을 찾는 순간이 와

주길 빌 뿐이다. 박목월의 제자로서 2020년 박목월문학상을 수상한 권달웅 시인의 작품「고요의 무게」를 월성에 대한 송가로 대신해 본다. 고요에도 무게가 있다면, 폐허에도 무게가 있다면.

저물 무렵 포플러 나무에서
재잘거리는 참새 떼처럼
살아 움직일 때에는
고요를 알지 못한다.

공연이 끝난 무대
화장터에 피어오르는 연기
구석으로 몰리는 가랑잎
죽은 시인의 시

움직이던 것들이 멈추면
방금 전 소란함이
문득 고요해진다.

멀리 걸어온 사람이 소실점이 되어
씨앗처럼 날아갈 때
실리는 바람의 무게처럼.

보고 싶으면 언제든지 오세요!

월성이랑과 월성 걷기

시간의 경계를 허물고

4년 만에 월성을 다시 찾은 날, 발굴 조사 현장 귀퉁이에 세워진 팻말 하나를 보았다. 국립경주문화재연구소 해설 및 교육팀 '월성이랑'에서 진행하는 발굴 현장 공개 프로그램을 홍보하는 것이었다. 전화를 걸어보니 발굴 작업이 동계 휴가에 들어가면서 정기 해설(현재 하루 7회 운영)도 일시 중단된 상태라고 했다.

그런데 나중에야 전화 통화 중 오해가 있었다는 걸 확인했다. 동절기 발굴 조사는 쉬어도 정기 해설은 쉬지 않고 진행하고 있다고 했다. 추후에 정식으로 취재 요청을 해야겠다 생각하고 전화를 끊었는데 곧바로 다시 전화가 왔다.

"정기 해설이 아니더라도 요청하면 가서 해설을 해드리겠습니다!"

때마침 전국에 한파주의보가 발령되고 경주도 건조주의보와 함께 최저 기온이 영하 6도까지 떨어진 날이었다. 그런 날 달랑 두 명의 방문객을 위해 해설사가 나오겠다니, '일'로만 생각해서는 절대 보이지 못할 열정에 이미 감복했더랬다.

실제로 '월성이랑' 프로그램에 참가한 건 그로부터 며칠이 지나서였다. 관련된 지역과 유적을 찾고 월성도 세 번쯤 돌아보았지만 어쩐지 감이 잘 오지 않았다. 혼자 하는 공부가 한계에 다다른 것이다.

월성은 흙으로 성벽을 쌓은 토성土城이다. 동서 길이 890미터, 남북 길이 260미터, 바깥 둘레 2,340미터로 총면적은 22만 2,000평방미터에 이른다.『신증동국여기승람』에는 둘레가 3,023척,『동경잡기』(1845)에는 1,023보로 규모가 기록되어 있다. 쉽게 말해 축구장 27개가량인 셈인데, 한눈에 그 넓이가 느껴지지는 않는다. 경계가 명확하지 않은 언덕인 데다 발굴 조사를 진행 중인 지역을 제외하면 나머지는 여전히 평범한 소나무 숲 같아 보이기 때문이다.

천년의 깊은 잠을 자던 월성이 단번에 눈을 뜰 수는 없다. 그럼에도 발굴 조사가 시작된 후로 변화의 조짐은 분명하다. 월성은 편의상 월정교와 인접한 서편부터 A, B, C, D 네 지구로 나뉘어 있는데, 현재는 C지구를 포함해 A지구와 해자 등을 발굴조사 중이다. 월성은 더 이상 버려진 언덕이 아닌 '현장'이다.

백문이 불여일견이라지만, 구슬이 서 말이라도 꿰어야 보배라! 먼저 보고 오랫동안 흩어진 구슬을 엮어온 길잡이를 따라 쫓으면 더 정확히 풍부하게 볼 수가 있다. 경주 곳곳을 다니는 동안 네 차례 해설사의 도움을 받았는데 모두 무료였고 공짜로 듣기 죄송할 만큼 만족스러웠다. 내용도 내용이지만 동장군도 물리칠 만한 그들의 열정과 헌신성이 나 같은 시큰둥이에게마저 감동적이었기 때문이다.

역사가 강단이나 연구 논문에 갇히는 것이 아니라 시간의 경계를 허물고 생생해지는 것이야말로 나의, 그리고 시간의 신비를 사랑하는 모든 사람의 이상이다.

월성이랑, 길잡이를 만나다

이전까지 '문화재 발굴 현장'이라면 으레 높은 벽과 천막에 둘러싸인 비밀스러운 장소로 인식되어 왔다. 일반인의 출입은 당연히 통제되었고 무엇을 어떻게 발굴하는지도 깜깜소식이었다.

그러다가 서울 풍납동 발굴 때부터 발굴 현장을 일반에 공개하게 되었고, 이후로는 조사에 지장이 없는 한 현장을 개방하고 결과를 공유하기 위해 애쓴다고 한다. 문화재에 대한 마인드가 '보호'하는 대상이 아닌 '공유'할 가치로 바뀐 것은 우리 사회의 수준이 그만큼 변화 발전했다는 증거이리라.

2017년 8월 신설한 '월성이랑'은 '월성'에 함께한다는 의미의 순우리말 '이랑'을 붙여서 국민과 함께하는 월성 발굴 조사를 의미하며 신라 화랑花郞의 젊고 활동적이며 진취적인 이미지를 담았다고 한다.

월성 내 석빙고 바로 앞에 작은 사무실이 있는데, '월성이랑' 전체 인원 여덟 명 중 네 명씩 교대로 상주하며 해설을 담당한다.

'월성이랑'은 2018년 한 해 상설 이용자만 3,600명, 연간 2회의 대민 행사까지 포함하면 더 많은 수가 이용한 인기 프로그램이다. 발굴 조사의 과정 및 성과와 출토 유물에 대한 해설이 주 내용인데, 발굴 조사는 계속 진행 중이기 때문에 시시때때로 정보가 교체되거나 추가된다. 게다가 해설자들의 전공과 관심 분야가 각각 달라 언제와도 새로운 해설을 들을 수 있다.

꾸준한 운영에 일주일 간격으로 수시 방문하는 '덕후'까지 생겼다니, 주마간산으로 대충 둘러보고 돌아서는 대신 '월성이랑'의 문을 두드려보는 것도 좋을 듯하다.

오늘의 해설은 문헌 전공자인 이성문 연구원이 맡아주었다. 그는 '월성이랑' 사무실 옆 소나무 숲의 '숭신전지'부터 설명을 시작했다. 월성 내 조선 시대의 흔적은 석빙고와 숭신전지 두 곳뿐이다. 숭신전지는 석탈해를 모시는 사당으로, 1980년에 현재의 탈해왕릉 옆으로 옮겨졌다. 그때까지 C지구 남천 쪽으로는 석씨 후손들이 살며 화전으로 농사를 짓고 있었다.

월성은 1980년대부터 90년대까지 승마장과 국궁장으로 사용되었기에 '월성이랑' 사무실 옆 불룩한 언덕은 신라 시대 건물터가 아니라 국궁장 사대射臺였다고 한다.

파사이사금 때(101) 만들어졌지만 월성이 왕성으로 제 역할을 한 것은 5세기 후반으로 추정한다. 가장 큰 곡절은 백제 개로왕의 죽음에서 비롯되었다. 고구려 장수왕은 남쪽으로 세력을 뻗히면서 한강 유역의 백제 위례성을 공격한다. 왕성이 함락할 위기에 이르러 후일 백제 동성왕이 되는 문주가 신라 자비마립간에게 구원을 요청하러 달려온다. 그러나 신라의 1만 원병이 달려가는 사이에 개로왕은 고구려군에게 생포당하고 만다. 하필이면 개로왕을 사로잡은 이들은 재증걸루와 고이만년으로, 원래 백제의 장수였으나 개로왕 초기 정변 과정에서 왕당파에 밀려 적국인 고구려로 달아난 이들이었다.

배신, 그리고 복수! 걸루는 개로왕에게 고개를 숙여 일단 왕에 대한 예의를 갖춘다. 그다음 얼굴을 끌어당겨 걸죽한 복수의 침을 세 번 뱉은 후 한성 북쪽 아차산성으로 압송한다. 왕이 참전하고 전사하던 시대, 백제의 개로왕은 고구려 장수왕 앞에서 참수당하고 만다. 턱 끝에서 백제왕의 최후를 목도한 자비마립간의 위기감은 어땠을까? 마치 자신의 목덜미에 서늘한 칼날이 닿은 듯했을 것이다.

자비마립간은 서둘러 명활산성으로 거처를 옮긴다. 그러면서 월성은 소지마립간이 다시 돌아올 때까지 18년 동안 왕이 없는 왕성이 된다. 실질적으로 월성의 주인이라 할 만한 이는 신라의 체제를 정비하고 우경으로 생산력을 발전시킨 지증왕으로 추정되는데, 이 무렵부터 월성이 왕성으로 역할을 하게 되면서 명실상부한 신라 흥망성쇠의 중심이 되었다.

발끝이 시리다. 손끝도 시리다. 지난 역사는 뜨겁지만 세월에 흩어져버린 과거는 차디차다. 자리를 옮겨 성벽에 올라 해자를 내려다보며 해설이 이어졌다.

복원된 월성의 해자. 수로 형태의 일반 해자와 달리 월성의 해자는 수혈(웅덩이)이 곳곳에 배치되어 있다.

토성인 월성의 성벽에 지금 드러나 있는 돌들은 축성 과정에서 비 같은 자연 현상에 의해 허물어지는 것을 막기 위해 쌓은 것이라고 한다. 성벽 해자 바깥 외부 건물지의 경우 통일 신라기 것으로, (육조 거리 같은 관청지가 아니라) 내물왕릉 등으로 추측하는 고분들과 가까워 조상을 모시는 사당이 아닐까 추측한다.

1979~1980년 시굴 조사를 하고 1984년부터 30년 동안 발굴 조사를 진행해 완결한 월성 해자는 사뭇 독특하다. 평지성의 해자는 주로 수로(물길) 형태인데 월성에는 경주국립박물관부터 월정교까지 거리에 수혈(웅덩이)이 6~7개 배치되어 있다. 수혈식 해자의 웅덩이

길이는 긴 것이 150미터, 폭은 50~80미터에 이른다. 동고서저 북고 남저의 지형을 이용해 수로를 따라 물이 흘러가도록 했으니 월성은 당대의 토목 기술을 총동원한 정교한 성이 분명하다.

야릇하다. 인간은 생존의 문제가 해결되면 본능적으로 아름다움을 추구한다. 신라의 삼국 통일(삼한 통합)은 한반도의 정치사뿐 아니라 월성에도 큰 변화를 가져왔다.

통일 이후 가시적인 적이 사라지면서 월성의 해자는 방어용에서 조경용, 혹은 부분 매립해 건물지로 쓰는 등 용도가 변경된다. 깔끔하게 석축을 쌓고 꽃도 심는다. 해자에서 대량 발견된 가시연꽃(현재 멸종 위기 식물 2급, 보존 1순위 식물) 씨앗은 전쟁터에서 꽃밭으로 변모한 월성을 상상하게 한다. 마침 월성에서 첨성대에 이르는 길이 경주시에서 조성한 꽃밭이라니, 겨울이라 그곳에 만개한다는 유채꽃과 핑크뮬리는 보지 못했지만 말 그대로 '꽃대궐'인 아름다운 월성을 상상함직하다.

오래 걸릴 거니까 서두르지 말고

월성 발굴 조사는 성벽과 해자, 그리고 왕궁 건물지 세 부분으로 나누어 이루어지고 있는데, 그중 건물지의 C지구에는 전망대가 설치되어 전체를 조망하며 해설을 듣기에 맞춤하다.

"저 사각형으로 칸칸이 나눠진 구역을 뭐라고 부르나요?"

"'그리드grid(격자)'라고 합니다."

"저건 유물을 보호하기 위해 덮어놓은 거죠? 저 파란 방수천은 뭐라고 부르나요?"

"유물과 유구를 보호하기 위해 덮어둔 게 맞습니다. 속어인데 현장에서는 '갑빠'라고 부르지요."

일정하게 나뉜 '그리드'에는 파란 '갑빠'가 덮이고 모래주머니로 고정되어 있다. 즉시즉시 떠오르는 궁금증에 답을 얻을 수 있는 것도 '월성이랑'에 참여하는 즐거움이다.

"여기서 뭐가 나왔어요?" "언제까지 발굴해요?" "복원은 어떻게 해요? 왕궁 발굴 복원을 빨리 해서 관광 상품으로 만들었으면……." 복원에 대한 일반인의 반응과 주로 나오는 질문들이란다. 그에 대한 문답이 이어지면서 자연스럽게 월성에 대한 관심과 애정이 싹튼다.

2007년 월성의 지하 레이더(GPR) 탐사 결과 14개 구역 내에서 최소 20개 동 이상의 건물지가 확인되었는데, 발굴 조사 결과 중앙부에 자리한 C지구에서만 17개 이상의 건물지가 확인되었다. 지금 우리 눈에 보이는 것은 제일 먼저 드러난 935년 신라 멸망기의 유구와 유물이다. 씨앗과 곡물이 많이 나온 부분은 2개 정도의 창고, 나머지에서는 벼루가 많이 출토되어 관청으로 추정한다.

사실 '발굴'이라고 하면 '보물찾기'로 생각하기 쉬운데, 맨 위층의 통일 신라기 유물 유구 중에 대단한 보물은 없다. 월성에서 발굴된 것들은 대부분 기와 편으로 지금까지 40만여 점에 이른다. 이성문 연구원은 문헌 전공자답게 월성에 남은 보물이 없는 까닭을 『고려사』

의 기록에서 찾는다.

"신라 마지막 왕인 경순왕이 항복하러 고려에 갈 때 보물을 실은 수레 길이만 30리가 넘어서 개성 사람들이 모두 구경 나왔다니, 그때 신라의 보물을 깡그리 가지고 가지 않았을까요?"

몰락한 왕조의 마지막 왕, 그리고 제물을 싣고 가는 수레 행렬을 상상하니 마음이 스산하다. 패전은, 패망은 그토록 쓰라리고 굴욕적인 것이다.

월성 발굴 조사는 2014년 12월 시작해 원래는 2025년으로 기한이 있었다. 하지만 이제는 정한 기한 없이 꾸준히 묵묵히 진행되고 있다. 현장에서는 발굴 일수만 따지는데 행정적인 단위로 몇 개년 계획으로 진행할 수 없고, 해서도 안 되는 일이다.

'월성이랑'을 가장 많이 찾는 사람들은 수학여행이나 소풍 등 현장 체험학습으로 월성을 찾는 초중고 학생이다. 아무런 흥미를 못 느끼고 한 귀로 듣고 한 귀로 흘리는 아이들도 있지만, 가끔은 해설자들을 깜짝 놀라게 하는 '역덕(역사 덕후)'도 있다.

해설자들은 얄팍한 흥미를 끌기 위해 공수표를 남발하지 않는다. 10년쯤 지나 어른이 되어 다시 와도 지금의 모습 그대로일 수 있다고 솔직하게 털어놓는다. 다만 약간의 희망을 품은 채로, 혹시 관심이 있다면 관련 학문을 전공해서 월성에서 일할 수도 있을 거라고 말해준다. 그렇다. 월성은 이미 오랫동안 우리 곁에 있어왔고 앞으로도 오랫동안 함께할 테니까.

이성문 연구원은 마지막 한마디를 전했다.

"오래 걸릴 거니까 서두르지 말고 기다려주십시오."

그리고 월성 해설자로서 웃으며 덧붙였다.

"월성이 보고 싶으면 언제든지 오세요!"

건물이 무너지면 짓고 또 지었던,
신라 사람들의 삶의 터전

이종훈 전 국립경주문화재연구소 소장 인터뷰

"책임감? 월성만큼 크고 무겁습니다."

그 또한 경주에서 나고 자랐다. 1970년에 그가 태어난 황남동은 경주 시내의 주택 밀집지였다. 현재 천마총부터 황남 초등학교를 거쳐 황리단길로 이어지는 지역이다. 무덤 위에 지은 삶터, 그의 동네와 그의 집 밑도 전부 신라 무덤이었다.

지금 왕성이라고 이야기하는 월성도 학창 시절 즐겨 찾던 소풍 장소였을 뿐이다. 유적과 사적은 특별한 관심거리라기보다 공기처럼 익숙한 공간이었다. '어쩌다 보니' 정해진 길을 따르는 듯 경주에서 초중고를 졸업한 뒤 경북대학교에서 고고학을 전공했다. 이후 학예 연구사로 문화재청에 입사해 조사 제도와 관련된 부서에서 일했다. 대전에서 근무하다 경주로 돌아온 것은 2015년이었다.

처음에는 월성 전담 연구관으로 내려왔다가 2017년 연구소장에 취임했다. 돌아온 고향 경주에서 월성의 무게감만큼이나 큰 책임감으로 일한 이종훈 전 국립경주문화재연구소 소장을 신라월성학술조사단 사무실에서 만났다.

국립경주문화재연구소 홈페이지를 보니 담당하는 일이 매우 다양합니다. 월성뿐 아니라 쪽샘 지구, 황룡사지, 동궁과 월지 발굴 조사 등 연구소가 하는 일이 많은데, 소장님은 월성 전담 연구관이었던 만큼 월성에 특별한 관심과 애정을 갖고 계시나요?

연구자인 동시에 경주 사람으로서 관심도 있고 애정도 있습니다. 신라 왕경 중에서도 가장 특별한 곳이 왕이 거주하는 왕성이라고 할 수 있습니다. 우리가 흔히 말하는 신라를 이해하는 데 있어서 궁궐이 가장 중요한 까닭은 궁이라는 곳이 당시의 문화와 기술의 정수를 보여주는 공간이기 때문입니다.

왕성, 왕경, 궁성이라는 표현이 혼재되어 있는데 어떻게 써야 하나요?

저희는 '빛의 궁궐 월성', '신라 왕궁 월성' 등으로 궁궐과 왕성이라는 표현을 모두 씁니다. 왕궁과 궁궐은 같은 표현이고, 궁성은 성벽에 대한 문제로 이견이 있긴 하지만 문헌에 궁성이라는 표현이 등장합니다. 대궁大宮이라고 표현할 때는 남궁과 동궁, 전랑지의 북궁까지 모두 묶어서 씁니다. 엄밀한 의미에서는 논쟁이 있지만 편하게는 왕궁도 좋습니다.

월성의 특별한 의미를 좀 더 설명해 주신다면?

　월성은 다른 어떤 유적과도 비교할 수 없는 의미가 있습니다. 사람들이 살다 떠나가고 했던 게 아니라 그 공간에서 건물을 짓고 무너지면 또 짓는 과정을 반복하며 수백 년 동안 살아왔으니까요. 경주 전체를 놓고 봤을 때 월성을 중심으로 도시 계획이 만들어졌습니다. 고고학적으로 어떤 유적도 600~700년 이상의 시간을 하나에 함축적으로 포함한 것이 없습니다. 일본 나라에 가면 평성경平城京(헤이죠쿄)이라고 있는데 그건 100년이 채 되지 않는 기간 동안 사용했던 성입니다. 월성은 그의 몇 배에 이르죠. 세계사적으로 유례가 없는 곳입니다.

월성 발굴 조사 작업은 언제 시작되었고, 어떻게 진행되고 있나요?

　주변부가 아닌 월성 내부에 대한 전면적이고 본격적인 발굴은 2014년 12월 12일에 개토제開土祭(고유제)를 지내면서 시작되었습니다. 올해(2019년) 12월이 되면 꼬박 5년이 되는 셈이지요.

'월성이랑'을 통해 설명을 들었는데 지금 우리 눈에 보이는 것은 935년 신라 멸망기의 유구와 유물이라더군요. 시간적으로 가장 후대의 것인데, 그 아래를 또 파볼 수 있나요? 그런데 밑을 파내면 위가 훼손될 텐데……

　그렇습니다. 그래서 저희는 발굴 중에도 밑의 것을 확인만 하고 다시 덮습니다. 전공자로서의 욕심으로는 다 파보고 연구 성과를 남기고 싶지요. 하지만 그것을 우리 당대에 모두 하는 것은 맞지 않다는 게 저희의 판단입니다. 1979~1980년에 해자를 조사하며 동물 뼈와 씨앗 등을 발견했는데, 기록으로는 남겼지만 그때 기술로는 환경 식생 보고를 할 수 없었고 지금처럼 식생 환경을 복원한다는 건 상상조차 하지 못했습니다. 불과 20년에서 30년 전의 일인데 그사이 기술이 월등하게 발전한 것입니다. 마찬가지로 지금은 알 수 없는 많은 것들이 앞으로는 확인될 가능성이 있기 때문에 우리 당대에 모든 걸 다 한다는 건 과욕이고, 욕심을 부리는 것 자체가 우리가 확인해야 하는 수많은 과거를 우리 손으로 지우는 일이 되어버립니다.

경험은 상상을 제한한다. 834년 동안 신라의 왕궁이었던 월성의 가치는 지금 우리가 아는 지식과 정보로 가늠할 수 없다. 신라가 삼한을 통일할 즈음이 되면 규모가 있고 화려한 건물들은 동궁이나 북궁 등으로 이동한 것으로 보인다.

통일 전까지 월성 내부에 머무르며 안전성을 추구했다면 통일 후에는 보다 개방적으로 왕성을 확장했던 게다. 그래서 2017년 가을 현장 공개한 '가' 지구(동궁과 월지 근처로 화장실과 수세식 변기가 발굴됨) 건물에 비하면 월성 내 C지구 건물의 기초부들은 규모와 수준 면에서 격이 좀 떨어지는 게 사실이라고 한다.

중심이 이동한 건가요? 지하 레이저로 C지구가 가장 큰 건물지라서 발굴을 시작한 게 아닌가요?

중심이 이동했을 수도 있고 우리가 발굴한 지역이 중심이 아니었을 수도 있지요. 지하 레이저로는 중심으로 보였는데 막상 파보니 생각보다 격이 높은 건물이 아니고 관청 정도의 건물지가 확인된 것입니다. 왕이 여기서 기거했는지 아닌지는 확인되지 않았지만, 그럼에도 불구하고 월성의 효용성이 다한 것은 아닙니다.

C지구가 아니더라도 월성 내 어딘가에 왕의 침전이나 정전 같은 게 있을 텐데요?

그걸 확인하려면 월성이나 주변부에 대한 조사가 앞으로 10년 이상 더 이루어져야 한다고 봅니다. 마음은 빨리 하면 좋겠지만 그런 욕심들이 제대로 조사를 못 하게 하니까 현재 수준에서 최선의 조사를 하는 게 목표입니다. 지금 데이터를 최대한 만들어두고 후대에 연구하게 돕는 거죠. 미래에 어떤 기술이 나와서 어떤 걸 알 수 있을지 모르니까.

2025년 기한은 폐기되었다고 들었는데, 앞으로 발굴 조사는 어떻게 진행되나요?

시민들에게 조급해하지 말고 기다려달라고 말하고 싶지만, 당대에 보고 싶은 마음도 잘 압니다. 그래서 무작정 기다려달라고 할 수 없으니 월성의 속살을 조금씩 공개하면서 이해하는 공간을 만들려고 노력하는 것입니다. 예전처럼 동시다발로 한꺼번에 막아놓고 하는 게 아니라 경주 시민들이 이 공간을 쓸 수 있고 관광객들 또한 들여다볼 수 있도록 옮겨가며 진행할 예정입니다. 앞으로 '월성이랑' 옆의 개방 공간은 점점 줄어들고 언젠가 C지구도 다시 덮어서 정비하고 발굴 결과를 이해할 수 있게 일정 정도 공원처럼 꾸미고 조사 지역을 이동할 것입니다.

아득해진다. 시간이 팽창되는 느낌이다. 연구자들과 이야기를 나누노라면 '이 시대만 사는 사람들이 아니구나!' 하는 생각이 든다. 당장 눈앞에 보이는 것들의 밑을 더 파볼 수도 있지만 지금 발굴하는 층을 모두 끝내고 그에 대한 연구와 합의가 완결되어야 가능한 일이다. 지금 할 수 있는 일 이상은 후대의 몫……. 현재에서 과거의 비밀을 파고들지만 미래 또한 항상 염두에 두고 있다. 그것이 역사 연구자들의 자세다.

월성 발굴 조사의 고민은 여러 시기의 유구들이 중복되어 있을 가능성이 크므로 조사에 신중을 기해야 한다는 것이다. 천년에 가까운 시간 동안 내부 환경에도 많은 변화가 있었을 터이니 '어느 시기의 유구를 중심으로 할 것인가' 하는 부분에 고민의 초점을 맞추어야 한다.

다른 한편으로는 개발론을 비롯한 외풍과 개별적인 연구자의 욕심에 맞서 중심을 잡고 '버텨야' 한다. 학계와 시민들 사이에서 균형을 맞추고 합의점을 찾아나가는 게 국가 기관의 일일 터이니.

월성 발굴 조사의 특이점은 다양한 행사를 포함해 대중적인 홍보나 공유 작업을 많이 하는 것 같습니다. 어떤 뜻인가요?

실제로 저희의 고민 중 하나가 그런 것이었습니다. 발굴 조사는 당연히 학술적인 의미를 가집니다. 하지만 시민들은 자신들의 생활과 동떨어진, 쉽게 다가갈 수 없는 공간이라고 생각합니다. 경주의 경우 워낙 유적이 많다 보니 저를 비롯해 경주 시민들은 어릴 때부터 주변에서 발굴 작업을 보고 자랍니다. 지금도 그런 공간이 제법 있지만 현장이라는 곳에 담장을 쳐놓고 들여다보지도 못하게 하다 보니, 경주 시민들은 불신과 함께 발굴 조사가 지역 경제에 걸림돌이 된다는 잘못된 이해를 합니다. 하지만 지금의 관광지도 실제로 발굴 조사를 통해 유적을 정비하고 차후 관광지로 활용하게 된 것입니다.

예를 들면 안압지, 지금 동궁과 월지라고 칭하는 지역의 복원도 학술적 논란은 있지만 발굴되고 연구되어 관광 상품으로 쓰이는 순서를 거쳤습니다. 그것을 보기 위해 각지에서 사람들이 찾아오고, 발굴 자료들이 역사로 서술되고 교과서에 실리는 과정에 대한 이해를 때로는 못 하기도 하고 안 하려 들기도 합니다. 그래서 저희는 이곳이 문화 공간이 될 수 있다, 또 다른 형태의 문화 자원이자 관광 자원이 될 수 있다는 것을 보여주기 위해 발굴 조사 현장을 개방하는 겁니다.

일반 공개 프로그램은 언제부터 시작해서 어떻게 진행되고 있나요?

월성 발굴 조사가 시작되던 2014년 기본 계획을 세우고 2015년부터 본격적으로 준비해서 2016~2017년 대중적인 프로그램을 진행하기 시작했습니다. 학술 행사와 별개로 교육과 강연, 체험과 탐방, 전시 등을 꾸준히 진행합니다. 2018년까지 3년 동안 사진 촬영 대회 3회, 야간 탐방인 '빛의 궁궐, 월성' 3회, 강연 행사인 '대담신라對談新羅'는 4회가 진행되었습니다. 상시적으로 '월성이랑'도 운영하고 있고요.

경주문화재연구소 인원 150여 명, 월성 학술 조사단 60여 명으로 할 일이 너무 많은 것 같아요. 저도 경주를 여행하는 동안 줄곧 '이거 어떻게 하면 좋지? 이걸 어떻게 다 하지?' 하고 중얼거렸습니다.

경주가 할 수 있는 일도 많고, 해야 할 일도 많고, 하는 일도 많습니다. 경주가 가진 문화유산은 한국에서 단연 최고이고 세계 어디에 내놓아도 뒤지지 않습니다. 경주와 교토를 비교하면서 관광객이 교토만큼 와야 한다는 주장도 있습니다.

하지만 비교와 별개로 경주를 찾는 관광객이 연간 천만이니 결코 적은 숫자가 아닙니다. 문제는 경주를 찾는 사람들이 경주에서 누릴 수 있는 프로그램이 불국사나 석굴암같이 고정된 게 아니라 신라 문화를 보다 직접적으로 체험할 공간이 필요한 것입니다. 그래서 지금의 월성 발굴 조사 작업이 의미가 있습니다.

월성 발굴 작업 중 가장 기억에 남는 순간이 있다면 언제입니까?

2015년 3월 기자 간담회가 가장 기억에 남습니다. 사실 비도

오고 발굴된 것도 거의 없었던 시점인데 기자들이 40명 이상 와서 열띤 취재 경쟁을 벌이는 것을 보고 일반적인 이해와 달리 월성이 갖는 무게를 실감할 수 있었습니다. 우리야 학술적으로 월성이 중요하니 조사를 잘 해야겠다고 생각하지만, 우리가 생각하는 것 이상으로 월성의 의미가 받아들여지고 있구나 생각하니 책임감과 함께 감회가 새로웠습니다.

(2019년 2월)

2장

시간을 더듬어 만난 삶의 흔적

— 월성 안의 이야기

성벽 아래 묻힌 두 구의 시신
월성의 미스터리

정말 인간을 제물로 바쳤던 것일까

공포이기도 하고 미개의 상징이기도 하다. 영화에나 가끔 등장하는 인신 공양 혹은 인신 공희人身供犧, human sacrifice 의식은 현대인들에게는 믿어지지 않고 믿고 싶지도 않은 야만이다.

그런데 인류의 역사를 두고 보면 인권은 물론이거니와 합리적 이성조차 근대에 이르러 증기 기관차처럼 '발명'된 개념이다. 수렵 시대와 유목 시대를 지나 농경 시대까지도 고대 문명의 발상지에서는 동서양 가릴 것 없이 인간을 제물로 바치는 풍습이 있었다. 페니키아에서는 몰렉 신에게, 마야에서는 우신雨神에게, 아즈텍에서는 태양신에게 제의를 올리며 사람을 제물로 바쳤다.

구약에서는 아브라함이 야훼에게 충성을 보이기 위해 아들인 이삭을 제물로 바치려 하고, 입다는 끝내 자기의 딸을 번제로 바친다. 춘추 전국 시대 진나라에서는 목공이 죽자 177명의 신하를 순장시켰고, 진시황이 죽자 아들 호혜는 비빈과 궁녀, 무덤을 만드는 데 동원된 장인과 기술자 들까지 모두 생매장시켰다.

하지만 고대인이 현대인에 비해 '특별히' 잔인무도해서 생사람을 잡았다고는 생각되지 않는다. 인신 공희는 풍작을 기원하거나, 천재지변을 당해 신의 노여움을 풀거나, 전쟁의 승리를 소원하거나(혹은 패배를 반성하거나), 통치자의 위엄을 보이거나, 죽은 자의 넋을 달래는 것을 목적으로 한다. 그들은 '신'으로 상징되는 자연과 운명 앞에서 그들이 바칠 수 있는 가장 귀한 것, 목숨을 바쳤다. 그들은 다만 자신을 둘러싼 어둠 앞에서 턱없이 무력했고, 그래서 어리석은 맹목이었을 뿐이다.

2017년 5월 16일 경주문화재연구소는 월성 발굴 현장에서 2015년 3월부터 진행 중인 정밀 발굴 조사의 중간 조사 결과를 공개했다. 바야흐로 보물 창고이자 비밀의 창고가 열린 셈이다. 그때 새롭게 밝혀지거나 최초로 확인된 수많은 출토물 중에서 언론의 스포트라이트를 많이 받은 것은 성벽을 본격적으로 쌓기 직전인 기저부 성토층에서 출토된 두 구의 인골이었다.

국립경주박물관과 경주문화재연구소가 공동 기획한 특별 전시 도록 『신라 왕궁 월성』에 실린 '성벽 밑에 잠들어 있었던 사람들' 사진을 들여다본다. 나란히 누운 둘의 머리는 북동쪽을 향해 있다. 한 구는 정면을 향해 팔다리를 가지런히 하여 누워 있는 앙신직지仰身直肢 자세이고, 다른 한 구는 몸을 약간 틀어 반대편 인골을 바라보는 자세다. 두 인골 모두 성인이고 외상外傷의 흔적 없이 머리끝부터 발끝까지 온전한 형태였다고 한다.

발치에는 흙으로 만든 항아리 세 개와 손잡이가 달린 컵이 놓여 있었다. 머리 주변에 남은 나무껍질로 방사선 탄소 연대를 측정하니 5세기 전후에 묻힌 것으로 확인되었다. 키 166센티미터의 인골은 골반과 후두 돌기의 모양으로 미루어 남성임이 분명했다. 159센티미터 크기의 인골은 성별이 불분명한데, 인골의 골반에서 채취한 콜라겐으로 체질 인류학 DNA 검사를 진행하면 건강 상태와 질병, 식생활과 유전적 특성 등을 밝혀낼 것이라고 했다. (2019년 1월 4일 확인한 바, 한 구는 50대 남성이고 다른 한 구는 50대 여성의 인골임이 연구 결과 밝혀졌다고 한다.)

신라인들은 왜 성벽 아래 사람을 묻었을까? 기자들의 질문에 경주문화재연구소 박윤정 학예실장은 "별도의 매장 시설이 없어 사람을 제물로 바친 것으로 추정된다"고 했고, 이인숙 학예사는 "인골이 매우 가지런한 형태로 발견되어 산 사람을 묻었을 가능성은 크지 않다"고 답했다.

다시 도록 속의 앙상한 뼈를 들여다본다. 그들은 자연사하지 않았다. 그럼에도 고통에 몸부림치거나 저항의 흔적이 없는 것으로 보아 누군가 그들을 죽여 월성의 기초 공사가 끝나고 성벽을 쌓아올리기 직전에 시신으로 묻었다. 1,500년을 뛰어넘어 해골로 발견된 신라인들은 바로 '인주人柱 설화'로만 전해오던 풍습의 고고학적 증거인 것이다.

> 경술. 개경의 도성 사람들 사이에 유언비어가 돌았는데, 왕이 민가의 어린아이 수십 명을 잡아다가 새로 짓는 궁궐의 주춧돌 아래에 묻는다는 것이었다. 집집마다 경악하여 아이를 안고 도망쳐 숨는 자들도 있었다. 악소惡小들은 그 틈을 타서 재빠르게 도둑질을 자행하였다.

『고려사』 충혜왕 4년(1343)의 기사는 이른바 '인주 설화'에 대한 기록이다. 인주, 말 그대로 사람을 물속이나 흙 속에 파묻어 '사람 기둥'을 세우는 것이다. 거대한 토목 공사인 성 쌓기, 둑 쌓기, 다리 놓기 등을 할 때 사람을 기둥으로 세우거나 주춧돌 아래 묻으면 제방이나 건물이 무너지지 않는다는 믿음 때문이었다.

신석기 시대 산둥 지역을 중심으로 하는 해대海岱는 동방 문명이 이루어진 핵심 지역인데, 치핑 교장포 유적의 건물과 성벽에 어린아이 혹은 성인을 건물의 기초를 다지는 공사의 희생으로 사용한 흔적이 남아 있다고 한다(배진영, 2009). 기원전 17세기부터 11세기까지 존재했던 중국의 최초 왕조 상(은)나라는 순장을 비롯한 인신 공양의 풍습이 만연했던 것으로 유명한데, 수도의 은허 궁전 토단에서 수십 구에 이르는 인신 제사의 흔적이 발견된 바 있다. 일본에서도 성과 제방과 다리를 건설하는 난공사 때 사람을 제물로 바치던 '히

토바시라人柱' 풍습이 에도 시대까지 있었다고 전해진다.

이룰 수 없는 것을 이루려는 분투

고대의 토목 사업은 전쟁만큼이나 중대한 나랏일이었다. 사업의 성패가 국운의 흥망을 좌우할 정도였다. 대규모 토목 사업을 벌이려면 우선 많은 노동력을 조달할 수 있는 집권력과 막대한 지출을 감당할 만큼의 경제력이 뒷받침되어야 했지만, 현장에서 직접 쓰이는 측량과 토목 기술 또한 중요했다. 『삼국시대 고고학개론 1』에 실린 논문 「토목 기술과 도성 조영」(권오영, 2014)에는 "튼튼하고 단단한 성곽을 쌓기 위해 할 수 있는 모든 것을 애쓴" 고대인들의 분투가 고스란하다.

당시 사람들은 장비와 제반 조건이 열악한 상태에서 끊임없는 시행착오와 위험을 겪어야 했을 것이다. 그럼에도 최선을 다해 토질을 개량하고, 중력에 의해 흘러내리는 돌과 흙을 최소화하는 각을 찾고, 경사진 지형을 이용하거나 주변에서 흙을 캐와 덩어리를 쌓는다. 이때 식물의 잎과 줄기 등을 층층이 까는 부엽 공법으로 미끄러움을 줄여 구조물의 붕괴에 대비하고 비와 눈에 의한 누수 현상을 막는다.

월성의 성벽 또한 여러 종류의 재료와 다양한 축조 공법으로 만들어졌다. 재료로는 점성이 서로 다른 흙 외에도 회가 발린 건축폐기물, 불에 탄 흙燒土, 볏짚을 태운 재, 점토 덩어리, 자연석 등이 쓰

월성 서성벽 발굴 전경. 고대의 토목 사업은 국가의 흥망을 좌우할 만큼 중대사였다.

였다. 성질이 다른 재료를 번갈아가며 쌓은 것은 접착력을 높여 성벽이 붕괴되는 것을 방지하기 위한 노력이었다.

성벽의 최상부에는 사람 머리 크기만 한 돌이 4~5단가량 무질서하게 깔려 있는데, 이것은 월성의 특징 중 하나로 흙이 흘러내리는 것을 막기 위한 기능으로 보인다고 한다. 이토록 필사적으로 성벽을 쌓은 것은 왕성이야말로 외적으로부터 나라를 보존하는 최후의 방어 시설이었기 때문이다.

그렇게 당시 최고의 기술력과 막대한 인력과 물적 자원을 총동원했음에도 홍수가 나서 성이 무너졌다는 기록이 『삼국사기』 유례이사금 7년(290) 등에 나온다. 무너지면 어쩌겠는가? 당연히 개보수 작업이 뒤따른다. 그간의 발굴 조사를 통해 문헌 기록을 뒷받침하는 유물들이 확인되었는데, 월성 성벽은 대체로 5세기를 전후한 시점에 성벽을 만들어서 6세기 대에 증축했고 수차례 보수 작업을 거친 것으로 추론된다고 한다.

사람의 힘으로 할 수 있는 모든 일을 했다. 그럼에도 쌓으면 무너진다. 무너지면 다시 쌓는다. 이처럼 도저한 불가항력 앞에서 고대인들은 사람의 힘으로 할 수 없는 일을 사람이 해서는 안 되는 일을 통해 이루려 한다. 토지의 신이든 물과 바람의 신이든 어떤 신령에게든 희생 제물을 바쳐 애써 쌓아올린 성벽과 다리와 건물이 무너지지 않도록 기원하는 것이다. 간절한 만큼 치열했고, 처절한 만큼 끔찍한 사람 기둥의 설화가 월성 성벽 발굴을 통해 국내 최초로 확인되었다.

사람이 사람의 값어치를 어떻게 매기는가, 말하자면 '사람 값'이 그 사회의 성숙도와 문화 수준의 척도가 된다. 502년 지증왕은 왕이 죽으면 남녀 각각 다섯 명씩을 함께 묻는 순장 풍습을 국법으로 금한다.(그러니까 최소 여섯 명 이상의 순장자가 확인된 황남대총은 지증왕 이전에 만들어진 것이다.) 아들 법흥왕이 불교를 공인(527)하기 전에 생명에 대한 아버지 지증왕의 자각이 있었다. 진평왕 때(600)는 수나라 유학파 원광법사가 세속오계 중 '살생유택'을 설파하고, 비슷한 때 백제에서도 법왕이 일체의 살생을 금해 새들을 풀어주고 고기잡이 도구를 불사르게 한다.

공식적인 인신 공희는 사라졌다. 하지만 애당초 인신 공희는 공개

월성 서성벽 단면 조사 근경. 신라인들은 여러 종류의 재료와 축조 공법으로 성벽의 견고함을 다지는 데 최선을 다했다.

된 장소에서 공공연하게 행해지지 않고 대부분 은밀하게 이루어졌다. 2000년 국립경주박물관 미술관 부지에서 발굴된 통일 신라 시대 우물에서는 동물 뼈와 함께 8~9세쯤 되는 어린아이의 전신 유골이 나왔는데 그 인골이 제의용인지는 아직 논란 중이다.

월성을 방어하는 시설인 해자에서 출토된 인골은 지금까지 전쟁이나 전염병으로 인해 묻힌 사람으로 보고되어 왔지만 인주 설화가 확인된 이상 새로운 접근도 필요해 보인다.

『고려사』에 이어 『고려사절요』 희종 6년(1210)에도 최충헌이 대저택을 지으며 "몰래 남녀 어린아이를 잡아다가 오색으로 옷을 입히고 저택 네 귀퉁이에 매장하여 토목의 기운을 물리친다고 한다"는 유언비어가 떠돌았다는 기록이 있다.

조선조에도 성종 25년(1494) 군君과 옹주가 집을 지으며 주춧돌 밑에 어린아이를 묻었다는 거짓말을 유포한 자를 체포하라는 명이 내렸다. 사관이 덧붙이길, 소문이 퍼지자 경기·충청·황해도의 사람들이 아이를 안고 산에 올라가 피하느라 마을이 텅 비는 데 이르렀다고 하였다.

어두운 욕망이 비밀을 낳는다

후대의 인주 설화 대부분은 유언비어로 밝혀졌다. 부자와 권력가의 탐욕과 전횡에 대한 공포에서 비롯된 낭설이었다는 것이다. 하지만 법이 엄하다고 죄가 없을까? 어두운 욕망이 사라지지 않는 한 인간의 비밀은 계속된다.

1,500년을 훌쩍 뛰어넘어 인골로 다시 세상의 빛을 본 두 사람, 그들은 과연 누구였을까? 인신 공희의 제물은 주로 이민족이거나 노예이거나 죄인이었다. 때로는 '순결한' 처녀와 어린아이이기도 했다. 드물게는 순교자 이차돈과 김동리의 소설 「등신불」의 주인공처럼 공동체를 위해 스스로를 보시하는 경우도 있었다.

인골에서 추출한 DNA 검사를 통해 우리는 어떤 비밀을 알게 될까? '사람 기둥'이 되어야 했던 두 사람의 정체는 어디부터 어디까지 밝혀질까? 죽어 성벽 아래 묻힐 때 그들의 마음이 원한이었을지 희생정신이었을지 아니면 얼떨떨함이나 황망함일지 알 수 있을까?

한 쌍의 백골 앞에 넋을 놓고 있노라니 문득 터널과 댐과 고속도로 인근에 외로이 서 있는 위령비들이 떠올랐다. 언젠가 무심히 비문을 읽다가 '순직자'이거나 '산업 전사'인 그들의 숫자가 생각보다 많음에 화들짝 놀란 적이 있다. 누군가의 삶이 희생된 자리에 누군가의 삶터가 지어지는 이치는 그때나 지금이나 매한가지니, 인간의 역사란 참으로 슬프고도 잔인하다.

(2021년 9월 두 인골의 발견 지점으로부터 약 50센티미터 떨어진 곳에서 135센티미터가량의 여성 인골이 추가로 발견되었다.)

새끼손가락만 한 이방인

월성에서 발견된 토우, 원성왕릉, 그리고 처용

이방인을 향한 두 가지 시선

미국-멕시코 국경 장벽에 까맣게 달라붙은 카라반 즉 이민자 행렬은 2018년 10월 온두라스의 도시에서 모였을 때만 해도 고작 160여 명이었다고 한다. 그러다 과테말라를 거치면서 3,000여 명으로 늘어났고 멕시코에 들어설 무렵에는 7,000여 명이 되어 있었다.

미국 내에서도 이들을 바라보는 시각은 극과 극이었다. 인권 보호와 온정을 호소하는 목소리가 있는 반면 거부감을 넘어 혐오감을 드러내는 이들도 있었다. 트럼프 대통령을 탄생시켰던 반反이민 정서와 배타주의는 미국만이 아닌 세계적인 현상이 되어가고 있다. 유럽과 남미 곳곳에서 인종과 문화의 충돌이 일어나고, 코로나19를 통해 촉발된 반反아시안 정서는 미국과 유럽 등에서 실제적인 혐오 범죄로 나타나는 지경에 이르렀다. 한국도 제주도에 예멘 난민이 입국하고 이주 노동자의 숫자가 늘어나면서 더 이상 갈등의 무풍지대일 수 없게 되었다.

본디 외부자, 이방인, 타자에 대한 내부자들의 심리에는 매혹과 공포가 뒤엉켜 있다. 선진 문물과 문화를 가졌을 때는 신성한 존재로까지 숭배되지만, 그렇지 않을 때는 언제 돌변할지 모르는 약탈자로 바라보며 경계의 촉수를 세우기 마련이다. 이러쿵저러쿵해도 곳간에서 인심 나는 법이다. 불황과 경기 침체로 내 코가 석 자인 지경에 밥그릇 싸움의 경쟁자를 환대할 리 없다.

『삼국유사』에 따르면, 통일 신라 시대의 수도 서라벌에는 부자들의 대저택인 금입택金入宅이 35호나 있었다고 한다. 『삼국사기』「신라본기」(880년)에는 헌강왕이 좌우 신하들과 함께 월상루에 올라 사방을 둘러보니 민가들이 즐비하고 노래와 음악 소리가 그치지 않기에, "듣건대 지금 민간에서 집을 기와로 덮고 띠풀로 지붕을 이지 않는다 하고, 밥을 숯으로 짓고 땔나무를 쓰지 않는다 하는데 과연 그러한가?"라고 묻는 대목이 나온다. 그만큼 부유하고 그만큼 여유로웠던 신라에서는 과연 어떠했을까?

신라의 왕릉을 지키는 이방인들

딱 새끼손가락만 했다. 신라 월성 학술 조사단 수장고에서 만난 이방인은 작지만 선명한 존재감을 드러내고 있었다. 그는 흙으로 만든 형상, 토우土偶다. 신라 토우는 1960년대 황남동 무덤에서부터 토기 뚜껑이나 항아리 장식용으로 확인되기 시작했다.

가야금을 뜯는 임산부, 성행위에 몰두한 남녀, 개구리를 물고 있는 뱀 등 신라 토우는 언제 보아도 재미있고 정겹다. 과시하며 겉멋을 부리기보다는 소박하고 솔직한 신라인의 심성이 흙 인형에 고스란하기 때문이다.

2018년 2월에는 월성에서 나온 토우들을 장난감 레고와 조합한 작품을 전시하기도 했다는데, 레고로 만들어진 유물을 가지고 노는 동안 아이들은 따분한 옛날이야기가 아니라 재미있는 놀이로 역사를 손끝에서 느꼈으리라.

지금까지 월성 해자에서 출토된 토우는 총 32점으로 사람 형상이 19개, 동물은 12개, 그리고 정체를 확인하기 어려운 것이 1개라고 한다. 그중 계림 남쪽에 자리한 월성 1호 해자에서 그가 나왔다. 깊은 눈에 오른쪽 팔뚝까지 흘러내리는 터번을 머리에 두르고 무릎을 살짝 덮은 옷을 입고 있었다. 팔소매가 좁고 허리가 꼭 맞아 활동성을 고려한 옷은 당나라에서 호복胡服이라 불리던 카프탄caftan으로 보인다. 그래서 월성 해자 속에 천년이 넘도록 잠들어 있던 그는 소그드Sogd인으로 추정된다.

월성 해자에서 발굴된 신라 시대의 토우. 이들의 복장 등에서 이방인의 자취를 느낄 수 있다.

소그드는 중앙아시아의 이란계 민족으로 '스키타이' 혹은 중국에서 '속특粟特'이라 불렸다. 상술이 능해 일찍부터 실크로드 요지에서 교역 활동을 벌여 동서 문명 교류에 많은 기여를 했다고 한다. 특히 중국과의 교역이 활발했는데 이를 통해 신라까지 진출했음이 유물로 확인된다.

이미 경주 지역에서는 유리 공예품, 장식 보검 등 다양한 서역산 유물이 출토되었다. 또 괘릉의 호인상(8세기), 용강동 고분 출토 호인상(7~8세기) 등 서역인의 형상을 한 조각물도 여럿 있다. 월성 해자에서 출토된 터번을 쓴 토우는 6세기 것으로 추정된다. 그는 지금까지의 발견 가운데 가장 오래된 이방인이다.

배척이 아닌 포용, 신라인의 높은 자존감

석굴암에 올랐다가 불국사역 앞에서 점심을 먹고 시내로 돌아오는 길에 괘릉을 들렀다. 돼지 갈비와 국수와 김밥의 기묘한 세트 메뉴가 예상보다 만족스러워서 허허벌판의 무덤 앞에 서서도 헛헛함이 덜했다.

너무 많아도 없는 것과 마찬가지다. 경주에는 보물이 너무 많아서 보물이 보물처럼 보이지 않는 것이 매력이자 안타까움이다. 평일 한낮의 괘릉도 텅 비어 있었다. 수도권에 자리한 조선 시대 왕릉에는 주변에 CCTV와 함께 접근을 막는 사이렌이 설치되어 있는데 여기는 없는 건지 보이지 않는 건지 모르겠다. 이런 적막지경에 무덤의 주인을 지키는 것은 뜻밖의 이방인이었다.

신라 왕릉 가운데 피장자가 확실한 것은 능비가 있는 태종 무열왕릉과 비편이 출토된 흥덕왕릉뿐이다. 이외 기록상 위치와 시대적 형식에 맞아 학계에서 인정하는 것이 선덕여왕릉, 문무왕릉, 성덕왕릉, 원성왕릉, 그리고 헌덕왕릉 5기다.

원래 연못이 있던 자리라 돌 위에 관을 걸었다는 속설이 있어 걸 괘掛 자 괘릉이라 불리는 이곳은 제38대 원성왕릉으로 추정된다. 원성왕 김경신은 선덕왕과 함께 반란을 평정한 뒤 상대등이 되었다가 선덕왕이 후사 없이 죽자 왕위에 오른 인물이다. 김경신은 자신보다 서열이 높은 김주원을 물리친 것으로도 유명한데, 권력 투쟁에서 밀려난 김주원은 서라벌을 떠나 외가가 있는 명주로 가서 강릉 김씨의 시조인 명주군왕이 되었다.

나는 명주군왕 김주원의 40세손이다. 시조 할아버지의 막강한 경쟁자이자 승자인 원성왕릉 앞에 서니 기분이 야릇한데, 그 야릇함을 더하는 풍광이 무덤 앞을 지키는 석물들이다. 돌사자가 한 쌍, 문인석이 한 쌍, 그리고 무인석이 한 쌍인데⋯⋯. 입구를 지키고 선 무인석의 생김새가 예사롭지 않다. 2미터가 넘는 키에 부릅뜬 눈과 매부리코, 말려 올라간 콧수염과 주름진 옷이 이국적이다.

그리스의 영웅 헤라클레스처럼 곤봉을 닮은 무기를 짚고 있다. 허리를 살짝 비틀어 몸을 젖히고 단체 사진을 찍을 때 "파이팅!"을 외치는 포즈로 주먹까지 불끈 쥐고 있다. 한눈에 보아도 신라인은 아니다.

여기까지는 당나라에서 유행하던 흙으로 만든 서역인 상인 호인용胡人俑을 본떴다고 할 수도 있다. 그런데 문명 교류 학자 정수일의 지적처럼 오른쪽 옆구리에 차고 있는 지름 10센티미터가량의 복주머니가 문제다. 한국의 고유한 장신구인 복주머니를 서역 사람이 차고 있다?

그것은 상상이나 모사가 아니라 실제로 신라인과 서역인이 어울려 살았다는 강력한 증거가 아닐 수 없다. 게다가 왕릉을 지키는 호위 무사라니, 신라에 인종 차별이 있었다면 그는 결코 그곳에 서 있을 수 없었을 것이다.

땔나무의 매운 눈물 대신 숯 향기로 밥을 짓고, 기와집과 금입택이 즐비한 거리를 거닐었던 신라인에게 이방인은 두려운 존재가 아

신라의 왕릉을 지키고 있는 이방인. 원성왕릉 즉 괘릉에서 만난 무인석.

니었다. 드높은 문화적 자긍심과 자신감으로 그들을 배척하기보다 포용했다. 일자리를 내어주고 능력이 있으면 벼슬도 주었다.

그리하여 마침내 신라를 넘어 조선을 지나 현대에까지 설화적 상상력의 흔적을 남긴 독특한 이방인이 등장한다. 이름하여, 처용 이다.

처용이라는 이상한 사내

> 3월에 왕이 나라 동쪽에 있는 주군州郡을 순행할 때, 어디서 온지
> 모르는 네 사람이 왕의 행차 앞에 나타나 노래를 하고 춤을 추었
> 는데, 그 모습이 해괴하고 옷차림이 괴이하여 사람들이 산과 바다
> 의 정령精靈이라 하였다.

한양대 문화인류학과 이희수 교수에 의하면 『삼국사기』에서 헌강
왕 앞에 나타난 정령은 시기상(879년 3월) 황소의 난(874~884) 때
일어난 외국인 대학살을 피해 당나라에서 신라로 도망 온 아랍 상인
일 가능성이 높다고 한다. 낯설고 기이한 생김새와 옷차림에 신라인
들은 귀신을 본 듯 놀랐지만, 정령 혹은 귀신을 잡아 가두거나 구경
거리로 삼지 않는다.

『삼국유사』「기이편」에 기록된 정황은 좀 더 다채롭다.

헌강왕이 개운포(지금의 울주)에 나갔다가 구름과 안개가 자욱해
져 길을 잃었다. 동해 용이 조화를 부린 것이라는 일관의 조언을 듣
고 용을 위해 절을 지으니 비로소 맑아졌다. 선물을 받고 신이 난 동
해 용은 일곱 아들을 거느리고 나타나서 춤을 추며 풍악을 연주한
다. 그리고 용의 아들 중 하나가 헌강왕의 수레를 따라 서라벌로 들
어와 정사를 돕게 되는데, 그가 바로……

동경東京 밝은 달에 밤새도록 노니다가

들어와 자리를 보니 다리가 넷이구나.

둘은 내 것이지만 둘은 누구의 것인가.

본래 내 것이지만 빼앗긴 것을 어찌하리.

역사적인 오쟁이를 진 사내, 처용이다. 처용을 울주에서 경주로 데려온 왕은 '마음을 잡아 머물도록' 하기 위해 미녀를 소개해 주고 급간 직책도 준다.

하지만 명령이나 다름없는 중매로 처용의 아내가 된 미녀는 남편이 썩 마음에 들지 않았는지 어쨌는지 사람으로 변한 역신疫神과 정을 통한다. 통정의 현장을 잡고도 처용은 치정 살인 대신 「처용가」를 지어 부른다. 웃는 듯 울며 허위허위 춤추면서 노래한다. 칼부림보다 그게 더 무섭다.

> (…) 공이 노여워하지 않으니 감탄스럽고 아름답게 생각합니다. 맹세코 오늘 이후로는 공의 형상을 그린 그림만 보아도 그 문에는 절대로 들어가지 않겠습니다.

역신을 무릎 꿇리며 사악함을 물리치고 경사스런 일을 맞이하는 상징이 된 처용. 처용 설화는 이국적인 용모의 이방인을 신묘한 힘의 소유자로 여기며 존중하던 당시 신라의 분위기를 반영한다. 물론 당나라에서 비즈니스를 할 만큼 선진한 문물과 자본을 가졌으니 내칠 이유가 없었을 것이다. 더하여 이방인의 낯선 문화와 문물을 기꺼이 받아들인 신라인들의 높은 자존감을 인정해야 한다. 열등감이나 패배감을 갖고서는 절대 유연함과 포용성을 발휘할 수 없으니.

온정과 혐오, 어느 편의 손도 쉽게 들어줄 수 없을 때는 현실을 들여다봐야 한다. 2018년 교육 기본 통계를 보면 전국 초등학생의 100명 중 3명 이상이 다문화 학생이며 전남(4.3퍼센트), 충남, 전북, 경북, 충북 순으로 전체 학생 중 다문화 학생의 비율이 높다. 학령 인구의 감소에도 불구하고 국적이 다른 부모를 둔 학생이 매년 1만여 명씩 증가하고 있는 것이다. 그들의 낮은 취학률, 높은 학업 중단율, 그로 인한 빈부 격차의 심화를 외면한다면 머지않아 새로운 갈등의 요소가 될 것이 확실하다.

자욱한 구름과 뿌얀 안개를 감고 덩실덩실 신비와 해탈의 춤을 추지는 않을지라도, 이제 우리 곁에 바싹 다가온 더 이상 이방인 아닌 이방인을 어떻게 마주해야 할까?

월성 해자에서 발견된 새끼손가락만 한 이방인, 짐짓 무표정한 그의 두 눈과 벌어진 입을 오래 들여다본다. 그에게 물어보고 싶다. 1,500년의 세월을 훌쩍 뛰어넘어 21세기 햇빛 아래 모습을 드러낸 그의 눈에 그때의 신라와 지금의 한국은 얼마나 같고 어떻게 다른지? 과연 서로가 상처주지 않으면서 공존 공생할 방법은 없을지?

신라인의 밥상을 찾아서
월성 사람들은 무엇을 먹고 살았을까?

'먹고 살다'와 '먹고살다'

"살기 위해 먹느냐 먹기 위해 사느냐?"

닭이 먼저냐 달걀이 먼저냐 만큼이나 오래된 질문이다. 누군가는 먹는 행위 자체가 삶의 목적이며 즐거움이라 하고, 다른 누군가는 생존의 최소 조건이자 구차한 일상이라 한다.

이처럼 떼려야 뗄 수 없는 욕망이기에 '먹다'와 '살다'라는 단어가 엄연함에도 '먹고살다'라는 단어가 따로 존재한다. 생계를 유지하다, 즉 살림을 살아나갈 방도를 보존하고 지탱한다는 뜻인데, 그야말로 삶 자체다.

'먹방'이 유행이 되다 못해 범람하는 세상이다. 고전적인 요리 프로를 비롯해 요리사들끼리의 경연, 맛집 탐방으로도 모자라 음식을 산더미처럼 쌓아놓고 꾸역꾸역 먹어대는 인터넷 개인 방송까지 등장했다. 한국의 특이한 사회 현상의 사례로 외신에 소개되기까지 한 '먹방'의 원인으로는 1인 가구의 증가, 외로움, 불황 등이 지목된다.

멍하니 '먹방'을 보노라면 마음이 편하다. 정치나 경제나 사회 뉴스를 볼 때와 같은 부담이 없다. 정보를 얻기 위해 본다기보다는 백색 소음처럼 일상의 익숙한 배경이 된다. 먹는 일만큼 남녀노소 빈부귀천 가릴 것 없이 모두에게 통용되는 소재가 흔할까? 동서고금의 경계도 없을 터이니, 문득 월성의 사람들이 무엇을 먹고 살았는지 궁금해진다.

지금까지 월성 발굴 조사를 통해 출토된 약 40만 점에 이르는 유물 중 가장 많은 것은 기와류다. 월성 내부 건물지에서는 건물 지붕에서 눈비로부터 건물을 보호하거나 장식적으로 건물을 돋보이게 하는 기와가 주로 출토된다. 그중 C지구에서 출토된 기와에 새겨진 '전인典人'이라는 글자와 토기에 새겨진 '도부嶋夫'라는 글자는 기존에 볼 수 없었던 것이라 주목받는다. 전인은 기와와 그릇을 담당하는 관청인 와기전에 소속된 담당자를 가리키고, 도부는 토기를 만든 사람으로 추정된다.

또 월성 해자에서는 정보 전달이나 글씨 연습 등의 목적으로 나무 조각에 글자를 쓰거나 새긴 목간木簡이 출토되었다. 특히 '병오년丙午年'이라고 적힌 목간이 7점 발굴되었는데, 법흥왕 13년(526)과 진평왕 8년(586)이 병오년이니 월성 해자에서 출토된 목간 중 최초로 정확한 연대가 확인된 것이다.

토기, 벼루, 어망추, 흙으로 만든 공과 가시연꽃, 복숭아, 자두 등 식물의 씨앗들, 그리고 소의 어깨뼈를 비롯해 개, 사슴, 곰을 비롯한 동물 뼈들도 나왔다. 그중에서도 곰은 신라 시대 유적에서 최초로 확인된 동물이니, 어떻게 서라벌까지 이동해 왔으며 곰의 뼈로 무엇을 어떻게 했는지가 수수께끼로 남았다.

먹거리의 흔적도 나왔다. 호랑이는 죽어서 가죽을 남기고 사람은 죽어서 이름을 남기지는 못해도 삶의 흔적은 타다 만 쌀과 콩으로나마 남았다. 먹고사는 발버둥은 그들과 우리가 다르지 않을지니 희로애락 또한 어금버금하지 않겠는가? 월성에서 출토된 유물들을 바라보노라니 느꺼움과 허무함이 동시에 물밀어든다. 과연 월성의 사람들은 무엇을 먹고 살았을까?

월성 사람들의 먹거리

2020년 9월 국립중앙박물관은 1920년대 일제 강점기에 조사했던 경주 서봉총을 2016년부터 2017년까지 재발굴한 성과를 담은 보고서를 간행했다. 대릉원에 있는 서봉총은 신라 왕족의 무덤으로 기원후 500년 무렵 지어진 것으로 추정되는 쌍분이다. 봉황 장식 금관을 비롯해 다수의 황금 장신구와 부장품이 출토되는 등 학술적 가치가 빼어난 데 비해 발굴 조사서조차 작성되지 않았는데, 재발굴을

월성의 해자에서 발굴된 자두 핵과 복숭아 핵.

통해 무덤의 규모와 구조를 정확하게 확인하는 등의 성과를 얻은 것이다.

그중에도 언론의 스포트라이트는 무덤 둘레돌 주변에 큰 항아리를 놓고 무덤 주인에게 음식을 바친 흔적에 쏟아졌다. 총 27개의 커다란 항아리 안에서 7,700점의 음식 흔적이 나왔는데, 조개류가 1,800여 점, 물고기류가 5,700점이었다. 항아리에 음식을 담아 무덤 주변에 두고 제사를 지내는 문화는 『삼국사기』와 『삼국유사』에도 나오지 않는 전통이다. 게다가 제사 음식으로 쓰인 것들이 복어, 성게, 남생이, 돌고래 등이니 월성 사람들의 먹거리에 대한 놀랍고도 새로운 발견이 아닐 수 없다.

수렵과 채집의 시대를 지나 농사를 짓기 시작하면서 비로소 식문화라 할 만한 것이 싹트게 되었다. 한반도의 농업은 신석기 시대 잡곡 농사로 시작되었고 벼농사가 전파되면서 곡물을 중심으로 한 음식 문화를 형성했다. 밥과 반찬, 주식과 부식을 분리한 고유의 식문화는 삼국 시대 후기부터 형성된 것으로 추정된다.

그때까지만 해도 밥은 곡물을 시루에 넣고 찌는 식이었다. 술을 빚을 때 시루에 쪄서 찰기 없이 꼬들꼬들하게 만드는 지에밥 같았을 것이다. 통일 신라 시대 이후 솥이 등장하면서 무쇠솥, 곱돌 솥, 놋쇠 솥 등으로 찰기 있는 부드러운 밥을 짓게 되었다. 고두밥만 먹다가 눅신눅신 차진 밥을 먹게 되었을 때 사람들은 어떤 기분이었을까? 그야말로 밥이 술술 목구멍으로 저절로 미끄러져 넘어갔을 것이다.

구한말 서양 선교사들의 기록에는 조선인을 대식가로 묘사한 대목이 종종 등장한다. 그런데 삼국 시대에는 하루에 세 끼가 아니라 두 끼를 먹는 전통이 있었다고 한다. 일제 강점기 초기에도 부자들은 종종 서너 끼를 먹지만 보통 사람들은 두 끼를 먹었다는 조사 기록이 남아 있다. 탄수화물 위주 식단에 하루 두 끼라면 고봉밥이라도 꾹꾹 눌러 먹어야 배가 찼을 것이다.

밥을 먹으려면 반찬이 필요한데, 지금도 한국인의 밥상에 기본으로 오르는 김치와 장이 옛적에도 반찬의 기본이었다. 혜醯, 저菹, 지염漬鹽, 지漬, 침채, 딤채, 짐채, 김채의 과정을 거쳐 현재 김치로 불리게 된 김치는 재배 가능한 채소의 종류와 함께 발전했다.『당서唐書』에는 "삼국의 식품류는 중국과 같다"는 기록이 있는바, 삼국 시대의 김치는『제민요술』에 수록된 오이, 박, 토란, 아욱, 무, 마늘, 파, 부추, 잣, 배추, 생강, 가지 등을 재료로 하리라 추정된다.『고려사』의 통일 신라 시대에 참외와 오이를 재배했다는 기록이 이를 뒷받침한다.

장醬은『삼국사기』신문왕 3년(683)에 처음 등장한다.

일길찬 김흠운의 어린 딸을 부인으로 맞이하고자 하여 먼저 이찬 문영과 파진찬 삼광을 보내어 날짜를 정하고 대아찬 지상에게 납채納采하게 하였다. 폐백이 15수레, 쌀, 술, 기름, 꿀, 장醬, 메주, 포脯, 젓갈[醢]이 135수레, 조租가 150수레였다.

신문왕이 장가를 가면서 납채의 예로 신부네 집에 예물을 보냈는데 거기에 장과 젓갈이 당당히 등장한다. 고추가 전래된 16세기 이전에도 장을 담가 먹는 풍습은 분명했다. 게다가 장은 단순한 식재료이자 반찬이 아니었다.

"어젯밤에 낭군과 함께 마음속 깊이 맺던 일을 오직 그대는 잊지 마십시오. 오늘 내 발톱에 상처를 입은 사람들은 모두 흥륜사의 장을 바르고 그 절의 나발 소리를 들으면 곧 나을 것입니다."

『삼국유사』「감통편」의 '김현감호金現感虎(김현이 호랑이의 덕으로 벼슬길에 오르다)'에는 흥륜사의 장이 호랑이 발톱에 상처 입은 데 특효라는 대목이 나온다. 상처에 된장이나 간장을 바르는 민간의 처방은 삼국 시대부터 유구한 역사를 가진 셈이다. 현대 의학에서는 상처에 장을 바르면 세균에 감염될 위험이 크다고 경고한다. 하지만 소독약이며 항생제며 아무런 치료약을 갖지 못했던 깜깜나라에서는 그나마 큰 위로가 되었으니, 어쨌거나 플라시보placebo 효과라도 있지 않았을까?

이외에 삼국 시대의 음식으로 문헌을 통해 확인할 수 있는 것은 『삼국유사』「기이편」 사금갑조에 나오는 비처왕(혹은 소지왕)의 찰밥(혹은 약반/약식)이 있다. 거문고 갑匣에서 승려와 궁주가 은밀히 간통한다는 사실을 일러준 까마귀를 위해 매년 정월 보름 찰밥을 짓는 풍속이 이로부터 비롯되었다.

문헌의 기록과 발굴 조사로 못다 밝혀진 부분에 대해서는 경주 한국역사문화음식학교를 운영하는 차은정 박사가 《서라벌 신문》에 기고했던 〈신라 음식 이야기〉에서 힌트를 얻어보기로 한다.

삼국 시대 초기부터 안정적인 농경 생활을 했던 신라의 식문화는 조리 기구나 시설의 발달로 변화된 조리 방법의 차이를 제외한다면 밥상의 구성 면에서 현재와 크게 다를 바가 없었을 것으로 짐작된다는 의견에 근거해 월성 사람들의 먹거리를 헤아려본다.

콩 잎, 재피 잎, 가죽나무 잎, 더덕, 도라지, 전복, 개암, 무, 땡감 등 먹을 수 있는 것이라면 뭐든 장아찌감으로 치는 경상도의 식문화는 월성의 입맛과 닿아 있을 것이다. 현대에 이르러 논란의 대상이 되었지만 선사 시대부터 단백질 공급원이던 개고기도 빠질 수 없을 것이다. 대추는 가야의 황후인 허황옥의 결혼 예물이었고, 경주 민요 〈효행가〉에 등장하는 잉어는 효의 상징일 뿐만 아니라 고급 보양제였을 것이다.

『삼국유사』의 '진정사 효선쌍미' 이야기에서 진정의 어머니가 솥을 시주하는 장면이 등장하는바 무쇠솥이 일반화되었을 것으로 보이는데, 무쇠솥으로 익히기 좋은 잡곡 가운데 팥은 불교 의식에 사

월성의 해자에서 발굴된 탄화된 곡물인 쌀, 콩, 밀. 신라인의 식문화를 대략 짐작해 볼 수 있다.

용됨과 동시에 민간에서 액운을 막는 상징으로 쓰였을 것이다.

중국의 고의서 『남해약보』에는 "신라인이 다시마를 채취하여 중국에 수출했다"는 기록이 있으니 다시마를 비롯한 해초 요리도 먹었을 것이다. 경주에서 '깨금'이라 불리는 개암 열매는 미추왕과 문무왕, 신라 마지막 임금인 경순왕의 위패를 모신 숭혜전에서 진설되기도 한 식재료였다.

월성 사람들의 먹거리로 한정시키면 차은정 박사의 의견대로 약선藥膳 요리를 떠올릴 수 있다. 약선이란 약藥과 음식 선膳을 합친 말로 약이 되는 음식이라는 뜻이다. 『동의보감』에 나오는 노인에게 좋은 우유죽, 변비를 치료하는 삼인죽三仁粥, 풍비를 치료하고 오래 살수 있게 하는 창포주 등 레시피를 가진 것부터, '돼지고기와 새우젓' '장어와 생강'처럼 상식으로 알려진 음식 궁합까지가 넓은 의미에서 약선이라 할 만하다.

약이 아니라 음식으로 병을 고치거나 예방하는 식치食治는 황제의 건강 관리를 위해서 식의食醫제도를 도입했던 당나라 때부터 왕실 음식의 특징이 되었다. 음식만이 아니라 마시는 물을 비롯해 소화와 배설에까지 세심하게 신경을 쓰는 것이 식치일지니, 배가 고프지 않아도 꾸역꾸역 먹고 마시는 허기는 사뭇 현대적인 경망일지 모른다.

프랑스 미식가 브리야 사바랭이 했다는 "당신이 무엇을 먹는지 말해 주면, 나는 당신이 누구인지 말해 주겠다"는 말은 이제 명언이 되었다. 음식은 우리의 피와 살을 만들고 에너지를 제공하는 동시에 우리의 개성과 존재 자체를 특징하는 매개임직하다.

개개인이 그러하거니와 지역이나 나라도 마찬가지다. 경주의 음식, 신라의 식문화, 월성만의 먹거리…… 그에 대한 진지한 고민도 더 이상 '배부른 소리'가 아닐 것이다.

경주 식도락 기행?!

경주로 가기 전 정보를 찾다 보니 다른 지역에 비해 '맛집이 없다'는 평이 왕왕 눈에 띄었다. 여행의 즐거움 가운데 빼놓을 수 없는 것이 식도락인데 맛집이 없으니 아쉽다는 것이다. 2014년에 홀로 훌쩍 여행을 떠나왔을 때는 맛집을 검색하거나 찾아다닐 엄두를 내지 못했다. 시티 투어 버스에 실려 단체로 먹은 점심이 가격 대비 썩 만족스럽지 않았다는 기억은 있지만 단체 관광객을 상대하는 식당에 큰 기대는 무리다.

경주 음식으로 두부나 한우를 말하는 사람도 있는데, 두부와 쇠고기는 식재료이지 요리가 아니다. 정말 없는 건지 알려지지 않은 건지 모르겠지만 딱히 경주 하면 떠오르는 '향토 음식'이 없다는 건 안타까운 일이다.

평소에 맛집 탐방을 즐기는 편은 아니지만 이번에는 마음먹고 음식점을 찾아다녔다. 내게 '먹일' 의무가 있을뿐더러 뭐든 가리지 않고 잘 먹는 아들아이가 동행한 덕택이기도 하다. 광고로 넘치는 인터넷 검색은 신중하게 가려 했고, 게스트하우스의 주인이나 택시 기사 등 현지인의 추천을 구했으며, 가끔은 지나가다가 손님이 많거나 주차장이 꽉 차 있으면 불쑥 들어갔다. 유명한 가게나 지도를 찾아가며 어렵게 갔던 곳보다 불쑥 들어갔다 의외의 맛집을 발견한 경우가 더 많았으니 우연은 참 즐거운 것이다. 관광이 아닌 여행의 묘미가 여기에 있다.

첫날부터 성공적인 선택이었다. 숙소에서 가까운 중앙 시장(아랫시장)에서 소머리국밥과 돼지국밥 골목을 찾았다. 둘이 메뉴를 하나씩 시키고 지역 소주인 '참'을 반주로 곁들였다. 첫맛은 옅으나 뒷맛에서 예전의 '경월소주' 같은 쇳기가 느껴진다. 일단 내 입맛에는 별로였는데 현지의 술꾼인 H기자에게 듣자니 먹을수록 참맛이 있다고 한다. 후식으로 떨이하는 떡볶이를 샀다. 떡볶이는 특이하게 무가 들어 있어서 시원했다.

둘째 날엔 월성을 한 바퀴 돌고 성동 시장(웃시장)에서 점심을 먹었다. 경주의 시장은 특이하고 재미있는 구조인데, 중앙 시장이 그렇듯 성동 시장도 중심부쯤에 문을 막아 식당 공간을 만들었다. 성동 시장의 식당은 아는 사람만 안다는 한식 뷔페다. 말로 설명해서 그림이 그려질지 모르지만, 홀과 같은 공간으로 들어가면 여러 아주머니가 갖가지 반찬을 쌓아놓고 기다린다. 약간의 호객과 망설임 끝에 쭈뼛거리며 자리를 잡고 앉으면 아주머니가 마음껏 반찬을 골라 먹으라며 접시와 수저를 주고 밥과 국을 떠준다. 반찬 종류는 비슷비슷한데 이웃끼리 벤치마킹한 결과인 듯하다. 제철 나물과 옛날 소시지, 달걀말이와 시래기 국으로 한 끼를 든든하게 먹었다. 가격은 6,000원(2019년 하반기부터 7,000원으로 인상), 요즘 흔치 않은 밥값이다.

혼밥이 어색하지 않도록 아주머니와 두런두런 이야기를 나누는 재미도 쏠쏠하다. 나와 아들이 밥을 먹은 '숙이네' 주인아주머니는 20년 동안 성동 시장에서 한식 뷔페를 하셨단다.

그밖에 경주에서 먹은 인상적인 끼니는 불국사역 앞의 돼지갈비와 국수와 김밥 정식, 법흥왕릉에 갔다가 모량에서 먹은 손칼국수와 콩국수, 게스트하우스 주인장의 추천을 받아 황성동까지 택시를 타고 가서 먹은 경주 한우, 그리고 성건동의 닭갈비 등이 있다. 문무대왕릉을 보고 감포항에서 먹은 유명 횟집의 물회는 큰 감명이 없었고, 보문단지의 육회는 너무 유명해서 폐점 시간이 되기도 전에 재료가 소진되는 바람에 문지방도 밟아보지 못했다.

중앙 시장은 2일과 7일이 장날이랬다. 장 구경은 언제나 재미있고 괜스레 신난다. 날씨가 추워 평소보다 장꾼들이나 손님들이나 많지 않은 게 아쉽다. 그래도 여전히 벅적벅적한 시장 골목을 두리번거리며 휘돈다. 꽤 많은 동네의 꽤나 많은 장터를 돌아봤건만 날이 갈수록 지역적 특색이 사라지고 비슷한 풍경에 비슷한 먹거리뿐이다. 수입 농산물이 밥상을 점령하고 장터 대신 대형 마트를 찾는 발길이 늘어나니 아무래도 경쟁력이 떨어질 수밖에 없다.

간식거리도 마찬가지다. 아들아이와 갓 구운 호떡을 하나씩 베어 물었지만 여느 호떡과 다를 바 없는 그냥 호떡이다. 황남빵, 찰보리빵 등 경주를 브랜드화한 간식거리들은 관광객들을 위한 상품일 뿐 '로컬 피플'의 입맛과는 별개인 듯하다.

기어이 매의 눈을 뜨고 다른 지역의 장터와 구분되는 특징을 찾아본다. 경주 장에서 눈에 띄는 지역 농산물은 상주 곶감, 예천 땅콩, 청송 사과 정도다. 채소류로는 시래기와 버섯이, 수산물로는 가자미와 도루묵 등의 반건조 어물이 유달리 많다.

"새댁! 이거 좀 사가시오!"

아직도 나를 새댁이라 불러주는 고마운 할머니가 벌여놓은 난전에는 철 이른 냉이가 소복하다. 숙소에서 끓이거나 무쳐 먹을 방도가 없어 사고 싶어도 살 수 없지만, 생각해 보니 경주에서 먹은 음식에 고명으로 냉이가 오른 것이 꽤 많다. 봄이 오면 밥상도 더 푸릇하고 풍성해질 테다. 다가올 봄을 기다리며 군침을 삼킨다.

월성, 흐르다
신라인들의 생명줄 경주의 하천

살기 좋은 터, 죽어 좋은 터

명리학에서 말하는 무토戊土 일간이라 그런지 땅에 관심이 많은 편이다. 낯선 동네를 지날 때면 주거지와 상가의 앉음새를 유심히 보고 인터넷 부동산 사이트에서 시세도 살펴본다. 애석하게도 부동산에 관심이 많은 것과 투자 능력이 있는 건 다르다. 하지만 관심을 가지다 보니 많은 사람들이 살고 싶어 하는, 그래서 집값이 높은 '좋은 동네'의 특징 정도는 찾아낼 수 있다.

근대 이후, 특히 근래에 들어서는 학군이나 인프라(이를테면 지하철역과 가까운 '역세권'이라든가 공원과 가까운 '숲세권' 같은 조건) 등 자연 외적 조건이 큰 영향을 미치게 되었다. 그런데 개인적으로는 도시 생활에 적용되는 이런 현대적 요소보다 학교도 지하철역도 공원도 없었을 때 옛사람들이 정한 삶터에 더 눈길이 간다.

오래된 동네는 사람들이 살기 좋은 자연환경을 갖고 있다. 물과 볕이 좋고 바람이 잘 통한다. 산세가 안정적이고 주변 마을과 잘 연결된다. '양택陽宅을 잘하면 당대가 성하고 음택陰宅을 잘하면 만대가 성한다'는 옛말이 있다. 살아 있는 사람은 잘 살게끔, 죽은 사람은 잘 쉬게끔 만들어주는 터가 좋은 곳이다. 그래서 집터 위에 집터가 있고 무덤 자리에 무덤이 들어서는 게 관습이었다. 왕궁 터인 월성에 켜켜이 왕조의 터전이 자리 잡은 것도 같은 이치다.

산업 구조가 재편되어 농촌이 무너지고 도시 집중화와 개발 바람이 불면서 모든 것이 달라졌다. 무덤을 밀고 아파트를 짓고, 왕궁으로 추정되는 자리에 공장을 지었다. 삶과 죽음이, 성과 속이 뒤엉켰다. 그곳에는 오직 하나의 힘과 그가 세운 질서가 존재하나니, 돈, 돈뿐이다.

물의 도시 서라벌, 물 부족 도시 경주

형산강을 따라 경주로 들어오면서 경주의 물길이 궁금해졌다. 선사 유적이 있는 암사동이 한강 유역에 자리한 것처럼 물이야말로 사람살이의 기본 중 기본 조건이다. 물이 없으면 사람은 살 수 없다. 먹고 씻고 농업용수로 쓰기 위해 고대 도시들은 자연스럽게 큰 강을 끼고 형성되었다.

서라벌 또한 18만 호에 가까운 사람들이 모여 살기 위해서는 물이 필요했을 테고, 천년의 수도로 존재할 만큼 충분한 수량이 보장되었을 것이다. 그런데 오가며 살펴본 경주 도심의 하천은 겨울이라는 계절적 조건을 감안하더라도 너무 빈약하다. 아니나 다를까 조금만 검색해 보아도 경주의 물 부족을 염려하는 기사들이 쏟아진다.

일설에 의하면 덕동댐과 보문호가 생기면서부터 이런 현상이 시작됐다고 한다. 주요 하천의 흐름을 막는 댐이 상류에 두 곳이나 생기니 경주 도심의 하천이 건천이나 다름없어졌다는 것이다. 이에 더해 북천에 퇴적물이 쌓이면서 흐르는 물이 부족해졌다고 한다.

북천, 남천, 서천 등이 합류해 북쪽의 형산강으로 흘러들어가는 서라벌은 결코 물이 부족한 도시가 아니었다. 오히려 큰비가 내리면 하류가 범람하는 일이 빈번했다. 『삼국사기』 아달라 5년(158), 알천(북천)의 물이 넘쳐 금성의 북문이 저절로 무너졌다는 기록이 있다. 유례이사금 7년(290)에는 여름에 큰 물난리가 나서 월성이 무너지기까지 했다. 이외에도 '홍수'에 대한 기록은 차고 넘친다. 물난리에 민가가 떠내려가고 백성들이 표류하니 피해를 줄이기 위한 갖가지 방책이 동원되었다. 7세기 진흥왕 이후 천주사, 봉성사, 인용사, 분황사, 임천사, 동천사 등의 사찰을 천변에 건축한 것도 부처님의 염력으로(혹은 제방의 성격으로) 수해를 막아보고자 했던 것으로 짐작된다.

근대까지도 상황은 변하지 않았다. '비보숲'은 풍수적인 약점을 보완하기 위해 인위적으로 조성하는 숲이다. 조선 시대와 일제 강점기에 이르기까지 경상도 71개 군현 가운데 비보숲이 가장 많은 곳이 현재의 경주 시내였다. 15곳이 조성되었는데 그중 7곳이 수해 방지용으로 북천 주위에 집중되어 있었다.

당연히 생활용수도 풍부했다. 지금까지 경주 지역에서 발굴 조사를 통해 확인된 우물은 230여 기에 이르는데, 그중 신라 우물은 60여 기 정도라고 한다. 애당초 신라의 시조인 박혁거세가 '나정蘿井'에서 탄생했고, 혁거세의 부인 알영 또한 '알영정', 즉 우물에서 태어났다. 그만큼 우물은 신성한 곳이었고 왕조 대대로 제사를 바치는 장소였다.

월성 안에 보존된 우물은 숭신전지 부근의 것이 유일한데, 연꽃과 안상眼象(코끼리 눈 모양)이 새겨진 사각 우물이다(월성 우물은 수풀 속에 있어서 일부러 찾지 않으면 보이지 않는다. 나 또한 직접 보지 못하고 자료로 확인했다). 이와 별개로 동궁과 월지의 동쪽 우물에서는 4구의 인골이 발견되었는데, 제례의 인신 공양이라기보다 고려 시대에 신라와 관련한 사람이 희생(어쩌면 살해)되어 매장된 것으로 보인다고 한다.

물 소비가 많았을 월성은 물론이거니와 주거지의 집집마다 깊은 우물이 발견되는 것은 서라벌에 물이 풍부하지 않고서는 불가능한 일이다. 오랜 세월 물의 도시였다가 이제는 물 부족 도시가 되어버린 경주, 그 안타까운 목마름으로 월성의 물길을 더듬어본다.

월성의 해자는 말라 있다. 아무리 수로(물길) 형태의 여느 평지성 해자와 달리 수혈(웅덩이)이 배치된 것이라 해도 웅덩이 역시 흔적뿐이다. 북천, 남천, 서천의 세 물줄기를 끌어안은 월성을 직접적으로 휘감아 도는 것은 남천이다. 토함산에서 발원해 불국사와 월성을 지나 남산 밑으로 흘러드는 하천이다. 본래는 월성에서 형산강까지 물길이 3킬로미터 폭이 70미터였다는데……. 지금은 하천이라기에 심히 민망한 개천이다.

이야기를 품은 다리, 월정교 복원

『물의 전설』(2000, 창해)의 지은이 천소영은 남천을 '사랑이 흐르던 시내'라고 표현했다. 물의 흐름이 급해 자갈이 많은 북천에 비해 흐름이 완만해 모래가 많으니 금빛 모래가 반짝이던 남천을 건너며 수많은 사랑의 이야기들이 싹텄으리라는 것이다.

> 궁궐 남쪽의 문천蚊川 위에 월정교月淨橋와 춘양교春陽橋 두 다리를 놓았다.

『삼국사기』 경덕왕 19년(760) 기사에 등장하는 두 다리를 찾아보기로 했다. 속칭 느릅나무 다리[楡橋]라고도 불리는 월정교는 복원되어 2018년 하반기부터 개방되었다. 복원에 대한 논란과 비판만 숱하게 듣다가 이번에 처음으로 월정교를 건넜다. 일단 눈으로 보는 모습은 상당히 낯설다. 다리 양쪽의 문루와 지붕으로 이어진 회랑 등이 지금껏 보던(혹은 상상하던) 다리들과 사뭇 다르다.

월정교 복원은 10여 년의 지난한 세월 동안 510억 원의 국가 예산을 들여 이루어졌음에도 많은 논란과 아쉬움을 남겼다. 실재했던 다리지만 남은 것은 석축뿐이니 교량과 누각의 형태는 그간의 발굴 조사와 연구 결과를 바탕으로 상상을 총동원할 수밖에 없었다. 문과 지붕이 있는 누교樓橋였다는 기록과 근처에서 출토된 기와 및 처마를 구성하는 부속 재료에 의지해 복원 작업이 이루어졌다.

그런데 막상 완공이 되어 개방하고 보니 중국 호남성에 있는 청나라 다리를 베꼈다는 둥, 드라마 세트처럼 창작한 것이라는 둥 비난에 가까운 비판이 쏟아졌다. 고려 시대 문관 김극기가 월정교를 보고 "무지개다리가 거꾸로 강물에 비친다"고 시를 남긴 것을 바탕으로, 다리가 일직선의 들보교가 아니라 아치형이었을 가능성이 높다는 주장도 있었다. 하지만 월정교 인근과 강바닥 발굴 조사에서 불탄 기와와 석재 등 부재는 많이 나왔지만 아치에 쓰이는 부재는 하나도 발견되지 않았으니, 시 구절을 근거로 아치형 다리를 지을 수는 없는 일이었다.

어차피 복원 작업은 세상에 없는 설계도에 상상을 질료로 가미하는 것이다. 번연한 논란을 예상하면서도 한계 속에 최선을 다한 흔적은 곳곳에서 발견된다. 고대 건축의 특징인 솟을대공이나 조선 시대에 사라진 목조 박공 장식인 현어, 출토된 금동 난간 장식 등은 전에 없던 고민의 결과이다. 삼국~통일 신라 시대 건축의 바탕색이 붉

복원된 월정교. 신라 시대 숱한 이야기가 펼쳐졌던 다리다. 그러나 상상에 의지한 현대적 복원은 많은 논란을 낳았다.

은색과 하얀색 위주였다는 연구 결과에 따라 다리의 벽체를 하얀색으로 칠한 것은 복원 역사상 최초의 일이라 역사 마니아들을 감격시키기도 했다.

다만 한국 건축물 복원의 고질적인 문제점인 단청의 바탕색이 녹색인 상록하단법이 여전히 누각 단청에 쓰였으니, 푸르죽죽 알록달록한 색채가 아무래도 이물스럽다.

월정교 복원의 논란은 월성과 황룡사 등 발굴 조사를 거쳐 언젠가 복원을 논의할 유적들이 모두 거칠 수밖에 없는 논란이다. 그림이나 도면이 남아 있지 않은 상태에서 상상으로 '복원'을 시도한다는

상록하단법이 쓰인 월정교의 색채.

것 자체가 논란의 원인을 제공하는 셈이다.

차라리 눈을 감고 그려본다. 태종 무열왕 때 원효 대사가 이 월정교를 건너다가 물에 빠져서 다리 건너에 있던 요석궁에 젖은 옷을 말리러 간다. 이두를 만든 신라의 천재 설총이 태어나는 전설이다. 〈찬기파랑가〉를 지은 충담사도 남산에 갔다 돌아오는 길에 월정교 부근에서 경덕왕을 만나 왕의 요청으로 〈안민가〉를 짓는다.

그 숱한 이야기들이 펼쳐졌던 다리, 월정교. 눈에 보이는 새물내날 듯한 다리보다 눈을 감고 상상하는 희미한 다리가 신비로운 이야기들의 배경으로 더 적합한 듯하다. 형체가 사라지면 이야기는 도리어 선명해질지니.

그런가 하면 춘양교에는 다른 이름이 많다. 일정교, 효불효교, 칠

성교, 칠자교, 어미다리 등으로도 불렸다. 춘양교를 찾으려고 월성 동쪽 기슭부터 경주 박물관 사이를 헤매고 다녔다. 텃밭과 쓰레기장이 뒤엉킨 가운데 박물관 맞은편 동네 골목에서 '춘양교지' 표석을 발견했다. 지금의 집터가 그때도 집터였다면 춘양교는 백성들이 자주 이용하는 다리였던 듯, 민간의 야릇한 전설이 깃들어 있다.

남천 건넛마을에 홀어머니와 일곱 아들이 살고 있었다. 어느 날인 가부터 어머니가 밤마다 몰래 나가 새벽에 돌아왔는데, 알고 보니 애인을 만나기 위해 남천을 건너갔다 오는 것이었다. 사실을 알게 된 일곱 아들은 추운 겨울 차가운 강을 건너는 어머니가 안타까워 편히 다녀오시라고 다리를 놓았다. 어머니를 위한 일이니 효도이겠으나 죽은 아비에 대한 불효인 셈이니, 다리의 이름은 '효불효교'였다.

이것이야말로 '인간'의 이야기다. 전설에는 아들들이 놓은 다리를 보고 어머니가 잘못을 뉘우쳤다는 사족이 따라붙긴 하지만(당사자가 아닌 후대의 오지랖 엄숙주의자들이 붙인 이야기일 가능성이 크다), 아들들은 어머니의 부도덕을 탓하기보다 시린 발을 걱정한다. 어머니의 외로움과 인간적 욕망을 이해한다.

결국 '효불효교' 설화는 도덕과 윤리를 뛰어넘은 인간 대 인간의 사랑과 이해에 대한 이야기일지니, 수풀더미 속에 버려진 춘양교가 화려한 어느 다리보다 진한 여운을 남긴다.

'물의 뜻'을 생각하다

금장대에 서니 물의 도시 서라벌, 일렁거리고 출렁였던 신라가 비로소 느껴진다. 형산강의 절경 금장대에서는 건너편 경주 시내로 흐르는 북천이 눈앞에 시원하게 펼쳐진다. 신라 때 금장사가 있던 금장대는 김동리의 소설 「무녀도」의 배경이자 석장동 암각화가 남아 있는 곳이기도 하다. 금장대 옆으로 돌아 들어가는 길에는 선사 시대 부족민들이 그린 삼각형과 원형 등 기기묘묘한 문양을 만져볼 수도 있다. 훼손될까 봐 우리는 만지지 않았다. 사라져가는 '울주 반구대 암각화'를 생각하니 보호 장치가 없어 좀 불안했다.

같은 물이되 강은 바다와 또 다른 느낌을 준다. 바닷물이 먹을 수 없는 물이라면 강물은 먹는 물이라서 그런지 훨씬 친숙하다. 한국 지리를 열심히 공부했던 아들이 울주에서 발원해 영일만으로 흘러나가는 형산강은 남에서 북으로 흐르는 강이라고 알려준다. 우리나라의 강이 대부분 북에서 남으로 흐르는 데 비해 특이한지라, 풍수지리의 신봉자들은 후발 주자인 신라가 삼국을 통일한 까닭이 북으로 흐르는 형산강의 기운 덕택이라고 주장하기도 한다.

신라 시대 알천으로도 불렸던 북천은 선덕왕 때 왕위 계승 서열 1위였던 김주원이 신라의 왕 대신 나의 40대조 할아버지가 된 빌미를 제공한 하천이기도 하다. 선덕왕이 승하하고 왕위 결정을 위한 화백 회의가 열릴 무렵 갑자기 내린 비로 순식간에 북천의 물이 불어 다리가 떠내려갔다. 북천 건너편에 살던 김주원이 회의에 참석하지 못

경주시 석장동의 형산강에 위치한 금장대와 서천, 북천의 합류 지점.

하니 왕의 임종을 지킨 김경신이 원성왕에 올랐다.

『삼국사기』에서는 혹자(아마도 김부식의 생각이겠지만)가 말하길, "임금은 큰 자리라 본디 사람이 꾀할 수 있는 것이 아니다. 오늘 폭우가 내린 것은 하늘이 김주원을 세우고 싶지 않음이 아닐까?"라고 했단다.

김주원이 왕위에 오르지 못하고 외가인 명주로 왔으니 후손인 나도 태어난 게다. 옛날 옛적 조상의 권력에 대해 왈가왈부하는 것 자체가 우스울지나, 그보다는 불어올라 넘실대는 북천을 바라보며 손아귀에 들어온 파랑새를 날려 보내는 김주원 할아버지의 마음을 생각한다.

그가 미련을 버리지 못하고 더한 욕심을 부렸다면 돌아오는 것은 피바람뿐이었을 것이다(물론 김주원의 아들 김헌창과 손자 김범문은 미련을 떨치지 못했던지 후일 반란을 일으켰다가 진압당한다).

흐르는 물소리를 듣는다. '물의 뜻'이 곧 '하늘의 뜻'이라는 소박하고도 염결한 가르침에 귀를 기울인다.

아, 신라의 밤이여!
풍류의 밤, 밤의 월성

'풍류'의 뜻

'풍류風流'라는 말이 처음 언급된 것은 신라의 문장가 최치원이 쓴 난랑비鸞郞碑 서문이다.

> 나라에 현묘한 도道가 있으니, 이것을 풍류라고 한다. 가르침의 근원에 대해서는 선사仙史에 잘 설명되어 있는데, 실로 이는 유교, 불교, 도교의 3교를 포함하고 있어 뭇 백성을 감화시킨다. 집안에서 부모에게 효도하고 밖에서는 나라에 충성함은 노나라 공자의 가르침이다. 무위에 머물며 말 없는 가르침을 행하는 것은 주나라 노자의 뜻이다. 모든 악행을 멀리하고 모든 선행을 받들어 행함은

천축국 석가의 교화이다.

『삼국사기』에 등장하는 '풍류'는 화랑의 사상이다. 최치원의 뜻과 별개로 유학자 김부식의 손끝에서는 '엄(숙)·근(엄)·진(지)'하게 풀이된다. 유불선을 포함하되 유불선으로 환원될 수 없는 풍류도는 신라의 고유한 세계관이자 문화다.

『삼국사기』에 '풍류'라는 말은 한 번 더 등장한다. 김유신이 지금의 경상북도 경산인 압량주 군주로 있을 때, 백성들의 패기를 시험하기 위해 군사 일에 뜻이 없는 듯 술을 마시고 '풍류'를 즐기며 몇 달을 보냈다는 대목이다. 그러니까 '풍류'는 별생각 없이 편하게 먹고 노는 것이다.

'풍류'는 『삼국유사』에도 몇 차례 등장한다. 제49대 헌강왕 때 성 안에 초가집이 하나도 없었으며 추녀가 맞붙고 담장이 이어져 있어서 노래와 '풍류' 소리가 길에 가득 차 밤낮 그치지 않았다는 대목이다. 그렇다면 '풍류'는 노래하며 놀 때 터져 나오는 진진한 소리이기도 하다. 사전적으로는 '멋스럽고 풍치가 있는 일. 또는 그렇게 노는 일'로 풀이되어 있다. 어쨌거나 노는 일, 그런데 난잡하게 막 노는 것이 아니라 멋있게 잘 노는 것이다.

네덜란드의 문화사학자 요한 하위징아는 인간은 '호모 루덴스 Homo Ludens', 놀이하는 존재라고 밝혔다. 놀이는 문화적 현상이며, 경쟁 혹은 재현이고, 의례와 축제와 종교와 관계한다. 인간 사회의 법과 제도 역시 놀이적 성격을 지닌다. 소송과 결혼 제도, 전쟁까지를 포함한다. 그러니까 하위징아의 주장은 한마디로 '모든 것이 놀이'라는 것이다. 그래서 인간이 인간답기 위해서는 삶이 놀이 같아야 마땅하다고.

신라인들은 하위징아의 이론을 천년 전부터 실현했다. '풍류'의 연구자들은 자연스러운 놀이가 음악과 시와 종교 등과 만나 현실을 뛰어넘는 이상이 되는 과정을 밝혔다. 잘 놀다 보면 마침내 '하늘'과 만난다. 풍류객은 신과 하나 되어 누추하고 왜소한 자신을 뛰어넘는다. 경상도와 강원도 어디쯤 물 좋고 경치 좋은 곳에서 종종 발견되는 화랑의 흔적은, '사다함이랑 무관랑이랑 모월모시 놀다 감. 우리 우정 영원히♡♡' 같은 놀이의 흔적이다. 풍류는 우정과 의리를 고양시켜 화랑들의 결속을 다지는 매개가 된다.

어울려 풍류를 즐길 수도 있지만 혼자 풍류에 젖어들 수도 있다. 아취雅趣, 고아한 정취나 그런 취미에 빠지면 홀로 풍류랑이 될 수 있다. 혼자 놀아도 외롭지 않고, 함께 놀아도 누군가 소외되어 괴롭지 않은, '풍류'야말로 독거와 혼밥의 시대에 다시금 북돋워야 마땅한 흥취가 아닐까?

신국에는 신국의 도가 있으니

개인적으로 여행지에서 '나이트 라이프'를 즐기는 편은 아니다. 외국에서는 안전 문제 때문에 그렇거니와 밤을 즐기는 건 아무래도 젊음의 몫인 듯하다. 밤눈이 어두워지면서 행여 허방이라도 짚을까 봐 밤나들이가 꺼려진다. 그래도 귀차니즘을 간신이 잠재우고 길을 나섰다. 이미 낮에 돌아본 곳들이지만 밤의 월성을 보고 싶었다. 풍류가 넘실대는, 어둠의 비밀과 빛의 신비가 함께했던 그곳을.

월성은 반달을 닮은 터전 위에 지은 달의 궁궐이다. 풍류를 이야기하며 즐기기에는 쨍한 낮보다 어둑한 밤, 이글이글한 해보다는 은은한 달이 어울린다. 쌀쌀하지만 청량한 밤이다. 월성은 순량한 초식 동물처럼 어둠 속에 나부죽하다. 발굴 조사 현장인 동시에 시민들의 산책로 역할을 하는 월성에는 LED등이 길을 따라 켜져 있어 천년 전의 횃불과 등롱을 대신하고 있다.

"아아, 신라의 밤이여!"

유호 작사에 박시춘이 작곡하고 현인이 노래한 〈신라의 달밤〉은 신라를 추억하는 대표곡이다. 달과 밤을 빼놓고는 신라와 서라벌을 이야기할 수 없는 게다.

아름다운 궁녀들 그리워라
대궐 뒤 숲속에서 사랑을 맺었던가
님들의 치맛소리 귓속에 들으면서
노래를 불러보자
신라의 밤 노래를

그런데 〈신라의 달밤〉 2절과 3절 가사는 좀 야릇하다. 1절의 '고요한 달빛' 사이로 울려 퍼지는 '불국사의 종소리' 대신 아름다운 궁녀들과 버석거리는 치마 소리를 읊조린다. 노래 가사 속의 '대궐'이라면 바로 월성이 아니런가? 〈신라의 달밤〉이 노래하는 월성은 사랑의 공간이다.

혹자는 처음 들어 놀랄지도 모르지만, '화랑도花郎道'란 말은 '화랑'들이 활약하던 당시에 없는 말이었다. '신라의 화랑과 그 낭도들이 사상적으로 간직하고 실천하려고 힘썼던 도리道理'인 '화랑도'는 현대에 들어서야 만들어져 일반화된 말이다. 당대에는 '화랑도' 대신 '풍월도' 혹은 '풍류(도)'라 쓰였음이 문헌을 통해 확인된다.

'도리'는 유교적 명분과 짝패인 가치이다. 그러니 '화랑도'라는 조어造語는 『삼국사기』 진흥왕 37년(576)조에 쓰인 '나라에 현묘한 도가 있었으니 풍류'의 '현묘한 도'를 후대가 자의적으로 유교에 국한시킨 것이나 다름없다. 넓히지는 못할망정 좁히다니, 그 옹졸한 해석의 바탕에는 화랑의 군사 집단적 성격을 강조해 '용맹한 신라의 리더 집단'으로 부각시켰던 군사 정권의 프로파간다가 깔려 있다.

독재자들은 웃음을 좋아하지 않는다. 자유로운 감정이 그려내는 욕망의 쌍곡선을 혐오한다. 통제할 수 없는 개인은 전체를 해하기 마련이므로 규율로 묶어야 한다. 그래서 독재 시대는 항상 엄숙하고 근엄하고 진지한 표정을 잃지 않는 도덕주의자의 얼굴을 하고 있다. 예술은 죽고 사랑은 병든다. 아이러니하게도, 그래서 독재는 결국 무너지게 된다. 인간은 언제까지고 웃음을 잃은 밀랍 인형으로 살 수 없는 무한한 욕망의 존재이기 때문이다.

'화랑'은 '화랑도'에 붙들려 있기에는 너무 자유롭고, 왕성하고, 아름다운 이들이었다. 도덕주의자들에게는 그저 음란하고 방종한 이야기일지 모르지만, 다른 한편으로 신라의 원기왕성한 생명력을 이해하는 근거가 되는 것이 『화랑세기』다. 화랑, 즉 풍류도의 우두머리인 풍월주의 연대기가 『화랑세기』일지니, 『화랑세기』는 풍류의 역사책이자 해설서인 셈이다.

『화랑세기』 필사본에 그려진 화랑들의 삶과 놀이 매우 분방하고 에로틱하다. 지당한 것으로 여겨온 도덕과 제도를 훌쩍 뛰어넘으니 현대인들조차 당황스럽다. 그러나 진위 논쟁과 별개로 『화랑세기』 필사본을 통해 드러나는 신라인의 삶을 단순히 에로틱하다거나 난삽하다는 말로 이해할 수는 없다.

색공지신色供之臣(색을 바쳐 왕족을 보필하는 신하)과 삼서제三壻制 (여왕이 세 명의 색공지신을 둠), 마복자磨腹子제도(신라의 독특한 대부代父 풍습으로, 본 남편의 아이를 임신한 여자가 상위 계급의 남자와 동거하다가 출산 후 돌아왔을 때 그곳에서 낳은 아들이 마복자) 등은 삼국 가운데 후발 주자인 신라가 왕통을 잇고 사회적 통합을 이루기 위해 그들의 방식으로 발버둥질한 흔적이다. 실제로 동서양을 막론하고 혈통을 보존하기 위한 왕실의 근친혼이 빈번했으며, 계급 제도를 유지하기 위해서라도 계급 상승의 사다리는 최소한이나마 보존해야 했다.

세상이 좋아져 조상들의 절박함을 이해하지 못할 후손들을 예상이라도 한 듯, 『화랑세기』 필사본에는 신라의 캐치프레이즈가 빈번

히 등장한다. 중국이나 다른 어느 세상에도 없는 그들만의 고유한
사상과 문화를 주장한다.

"신국神國에는 신국의 도道가 있다!"

밤의 월성을 걷다

신라의 달밤, 그리고 월성으로 이어지는 어둠 속의 신비가 예사롭지
않다. 경주에는 다른 도시들에 비해 밤을 배경으로 한 행사가 많다.

국립경주문화재연구소에서 '빛의 궁궐, 월성'이라는 주제로 월성
발굴조사 현장을 야간에 개방하는 행사를 주최할뿐더러, 매년 가을

'빛의 궁궐, 월성'은 야간에 발굴 현장을 시민들에게 개방하는 프로그램이다. 조명으로 장식한
발굴 현장의 모습.

사단법인 경주를 사랑하는 사람들이 주최하는 '신라의 달밤 165리 걷기 대회'도 열린다. 165리면 약 66킬로미터, 황성 공원에서 출발해 보문 호수와 석굴암과 불국사를 거쳐 황성 공원으로 돌아온다. 소요 시간이 약 12~13시간이라니 밤을 꼬박 새워 경주를 돌아보는 흥미로운 행사다.

사단법인 신라문화원이 주최하는 '신라 달빛 기행'은 여름밤과 가을밤을 즐기기에 맞춤하다. 월성 일대를 돌아보는 '유네스코 세계 유산' 코스가 있는가 하면 감은사지와 문무대왕릉을 포함하는 '감포·동해안권', 선덕여왕릉과 보문사지 황금 들녘을 걷는 '가을 들판을 거닐며', 김유신 묘와 무열왕릉 등을 돌아보는 '구절초와 함께하는 화통 콘서트' 등 다양한 코스가 있다. 참가비는 버스와 해설을 포함해도 커피 한 잔 값 정도다. 투어를 마칠 무렵 서악 서원에서 열리는 '고택 음악회'와 서악동 삼층 석탑에서 열리는 '구절초 음악회'가 눈길을 끈다. 밤과 음악, 그야말로 '풍류'의 향연이다.

달 뜨는 시간에 모여 남산 일대를 둘러보는 사단 법인 경주 남산 연구소의 '경주 남산달빛기행'도 있다. 겨울을 제외하고 한 달에 한 번씩 개최되는데 참가비는 무료다. 달빛에 비친 바위 부처님을 바라보면 그야말로 '홀리holy'해서 없던 신심마저 돋아날 듯하다.

민간 여행사에서 진행하는 '동궁과 월지 달빛 산책'이라는 야간 투어도 있다. 어떤 코스로 진행되나 궁금해서 숙소 카운터에 꽂혀 있는 홍보지를 펼쳐보았다. 밤 7시 30분 첨성대에서 모여 출발해서 계림-월성-동궁과 월지까지 약 두 시간 동안 도보 이동으로 이어진다.

밤과 어둠을 자원으로 상품화하여 성공한 것이 예전에 '안압지'로 불리다가 이름을 정식으로 바꾼 '동궁과 월지' 야간 개장이다. 월성을 빠져 나와 길을 건너면 바로 동궁과 월지다. 난데없이 도로가 생기는 바람에 나뉘어져 버렸지만 원래 동궁은 월성의 연장이다. 애초에 동궁이라는 명칭이 월성에 정궁이 있다는 것을 전제하고 있으니 말이다.

현재는 동궁이 월성보다 인기 있는 관광지다. 일찍이 발굴 조사를 끝내고 복원한 동궁과 월지는 낮보다 밤이 더 아름답다. 때마침 주말이라 표 사는 줄도 길고 화장실에서도 한참을 기다려야 했다. 나중에야 알았지만, 줄 서기의 수고를 더는 방법이 있다. 포털 사이트의 예매 서비스를 이용해 미리 입장권을 사두면 시간을 절약할뿐더러 포인트도 적립할 수 있다.

야경이 아름답다고 하여 찾았지만 동궁과 월지의 조명보다 먼저 눈을 쏘는 빛은 아이들의 손에 들린 야광 풍선이랄까 불빛 풍선이랄까, 심해의 해파리 모양의 장난감 풍선이다. 왜 아이들은 저걸 갖고 싶은지, 어쩌다 부모들은 저걸 아이에게 사주는지 잘 모르겠다. 달빛으로 모자라 인공조명을 비추고, 인공조명으로도 모자라 야광 풍선을 들고 다닌다. 어둠이 사뭇 희귀해진 세상이다.

너희들 도시의 길은 너무 밝다! 너희는 별이 겁나느냐?
너희 음악 소리는 너무 크다! 너희는 바람의 속삭임이 두려우냐?
혹시, 너희는 너희 자신을 두려워하는 것은 아니냐?

경주 여행의 필수 코스로 꼽히는 동궁과 월지. 낮보다 밤이 더 아름다워 언제나 늦게까지 관광객으로 붐빈다.

멕시코 아즈텍 족의 후예인 크소코노쉬틀레틀은 어둠과 침묵을 몰아내고 우쭐해하는 우리에게 묻는다. 어쩌면 마음을 비추는 듯한 별빛이, 진실을 전하는 바람의 속삭임이 겁나는 게 아니냐고. 혹은 어둠과 침묵 속에서 더욱 명백해질 스스로의 비밀을 두려워하는 게 아니냐고.

관광객들에게 밀려 주마간산한 동궁과 월지를 빠져 나와 월성과 동궁 사이로 난 원화로를 걷는다. 별을 겁내지 않고, 바람의 속삭임을 두려워하지 않고, 마음껏 생을 즐기며 힘껏 놀았던 사람들의 길을 걷는다. 아, 신라의 밤이여!

연못에서 쏟아져 나온 신라

동궁과 월지 1

한 사람의 힘

1974년 11월, 초겨울의 경주는 을씨년스러웠다. 대학에서 역사를 전공한 K는 뼛속을 파고드는 이른 추위에 몸서리를 치며 안압지 준설 현장으로 향했다. 그녀의 임무는 경주사적관리사무소 임시 계약직 학예사로서 안압지 준설 현장에서 출토되는 유물을 조사하는 일. 그러나 20대 계약직 직원에게 대단한 권한이나 임무가 있을 리 없었다. K가 도착했을 때 현장은 이미 포클레인에 의해 일부가 파헤쳐진 상태였고 거기서 나온 흙이 못가에 산더미처럼 쌓여 있었다.

"여기는 신라 시대의 유물이 나올 수 있는 곳이니까, 유물이 나오면 저한테 신고 좀 해주세요!"

K는 곡괭이와 삽으로 딱딱하게 언 땅의 흙을 퍼내고 있는 작업 인부들에게 외쳤다. 하지만 K 혼자 감독하기엔 4,800평이나 되는 현장이 너무 넓었다. 발바닥에 불이 나도록 한 바퀴를 돌고 오면 인부들이 다시 K를 불렀다.

"어이. 여기 유물이 나왔는데……."

"뭡니까?"

인부들이 가리키는 곳에는 신라 토기와 접시가 비죽이 얼굴을 내밀고 있었다.

"어, 유물입니다. 이리 주십시오!"

K가 유물을 수습하기 위해 손을 내밀자 옆에서 구경하던 인부가 불쑥 나섰다.

"아, 이걸 왜 공짜로 가지려 그래? 이걸 가져가려면 막걸리 값은 줘야지!"

반은 농담 같았고 반은 진담 같았다. 공사판에서 잔뼈가 굵은 그들에게 K는 세상 물정 모르는 풋내기처럼만 보였을 것이다. K는 울상이 되어 대답했다.

"제가 돈이 어디 있습니까?"

"그래?"

인부는 K의 앳된 얼굴을 힐끔 쳐다보더니 그대로 접시를 흙바닥에 던져버렸다. 산산이 부서진 유물을 보며 K는 올깍 솟구치는 눈물을 간신히 삼켰다. 역사학도의 눈앞에서 유물을 부숴버리는 일도 별것이 아닐 만큼 어둡고 야만적인 시절이었다.

애초에 '발굴'이 아니라 '준설' 작업이었다. 경주종합개발10개년 기획의 일환으로 도로를 개설하고 도시를 정비하던 중, 연못가에 정자 하나 서 있는 꼴로 버려져 있던 안압지가 도시 외관 정비 사업에 포함된 것이었다. '준설' 공사란 배가 드나들 수 있도록 수심을 유지하기 위해 하천이나 항만 등의 바닥에 쌓인 모래나 암석을 파내는 일이다. 당시 정부는 안압지를 관광지로 조성한다는 목적으로 연못을 정비하고 준설 공사를 실시했는데, 이곳이 신라 유적이라는 생각 자체를 하지 못했기에 발굴 '조사'가 아닌 준설 '공사'를 시작했던 것이다.

발굴 조사 현장의 인부들은 단순 작업을 하더라도 유물 유적에 대한 이해가 기본이다. 역사의 현장에서 일한다는 자부심도 있다. 하지만 준설 공사를 하러 온 인부들에게 그것을 기대할 수는 없었다. 학예사의 눈앞에서 유물을 깰 정도로 험악했던 현장을 둘러싸고 흉흉한 소문이 돌기도 했다. 안압지에서 나온 와당, 문양전, 보상화문전 등이 골동품상으로 흘러들어간다는 것이었다. 준설 공사를 하는 인부들이 삽과 곡괭이로 흙을 퍼서 손수레와 리어카에 담아 외부로 반출하는데, 유물이 발견되면 손수레로 싣고 나와 흙더미에 묻었다가 야밤에 몰래 파간다는 둥 도시락에 감춰서 나온다는 둥 하는 소문이었다.

한시가 급했다. K는 헐레벌떡 사적관리사무소를 향해 달렸다.

"저기, 안압지에서, 와당들이 나옵니다!"

"뭐라고요? 와당이?"

"네! 불도저가 바닥을 미는데, 흙에 묻힌 채로 와당들이 마구 나오고 있어요!"

경주사적관리사무소는 즉시 문화재관리국에 연락을 취했고, 관리국의 지시로 준설 공사 중지 명령이 내려졌다. 그리고 몇 달 간의 점검을 거쳐 문화재 위원회에 회부되어 경주고적발굴조사단이 안압지를 정식으로 발굴하는 것이 결정되었다.

2015년 국립경주문화재연구소 개소 30주년과 고적발굴조사단 45년을 기념해 개최한 '안압지 발굴 조사, 역사의 그날' 행사에서 '역사 현장의 그들'이 입말로 전한 발굴의 비사가 이러하다. 때로 한 사람의 힘이 역사를 바꾸기도 한다. 젊은 여성 학예사 K의 헌신이 아니었다면 안압지, 지금의 동궁과 월지가 전해주는 신라의 일상사, 그 풍부한 이야기는 없었을 것이다.

K는 안압지 발굴단의 조사원으로 참가했고 후일 국립중앙박물관 역사부장을 지낸 이화여대 사학과 출신의 고경희 선생이다. 그녀를 비롯한 경주고적발굴조사단의 헌신적인 노력으로 아무도 거들떠보지 않던 버려진 연못 안압지가 월성의 확장을 밝히는 분명한 증거 오늘날의 '동궁과 월지'가 되었다.

안압지가 '동궁과 월지'가 되기까지

삼국을 통일한 후 서라벌은 물론 월성에 큰 변화가 일어난다. 옛 고구려, 옛 백제에서 유입된 인구와 우대할 귀족들이 폭발적으로 늘

하늘에서 본 월지와 월성. 버려진 연못 안압지가 월성의 확장을 밝히는 증거가 되기까지 수많은 이들의 헌신이 있었다.

어난 것이다. 새로운 삶터와 일터가 필요하다. 문무왕은 서둘러 월성 확장과 증축 공사에 들어간다.

> 2월에 궁궐 안에 연못을 파고 산을 만들어 화초를 심고 진기한 날 짐승과 기이한 짐승을 길렀다.
>
> _『삼국사기』 문무왕 14년(674) 2월

> 동궁을 짓고 궁궐 안팎 여러 문의 이름을 지었다.
>
> _『삼국사기』 문무왕 19년(679) 8월

'동궁과 월지'는 예전에 '안압지'라는 이름으로 불렸다. 나도 고등학교 때 수학여행을 와서 석굴암, 불국사, 포석정, 안압지 등을 돌아봤다. 그때의 안압지가 어떤 풍경이었는지는 기억나지 않지만, '동궁과 월지'라는 명칭은 당시 생소한 것이었다.

우리가 흔히 알고 있는 안압지는 『신증동국여지승람』과 『동경잡기』 등 조선 시대 문헌에 처음 나타난 이름으로, '기러기와 오리가 날아드는 연못'이라는 뜻이다. 『신증동국여지승람』이 간행되기 전, 김시습(1435~1493)이 지은 시(「안하지 옛터[安夏池舊址]」)에 '안하지安夏池'라는 표현이 등장하는 것으로 미루어보아 '안압지'와 비슷한 발음이 15세기 무렵부터 이미 사용되고 있었다고 짐작된다.

안압지에 대한 최초의 조사 자료는 1929년 일본인 학자 후지시마 가이지로가 2주 동안 경주의 신라 시대 유적지를 조사한 내용을 담은 『조선건축사론』(1930)에 포함되어 있는데, 안압지에 접한 건물지 1동을 임해전지로 비정하고 신라 시대 궁전에 대해 알 수 있는 유일한 예로 언급하였다.

'임해전'은 『삼국사기』의 월지 관련 기사에 수차례 등장하는데, 주로 군신들에게 연회를 베푸는 장소로 쓰였다. 특히 경순왕 5년(931) 2월, 고려 태조 왕건이 기병 50여 명을 거느리고 와서 만나기를 요청하니 경순왕이 백관과 더불어 교외로 나가 맞이하고 궁으로 들어와 마주 대하며 정성을 다해 극진히 예우하고 임해전에 모셔 연회를 베풀었다는 기록이 있다.

동궁과 월지는 통일 신라의 출발과 함께 지어져 천년 왕국 신라가 패망하는 마지막 장면의 배경이 된 기념비적인 장소라 할 만하다.

문헌 기록은 있었지만 처음부터 안압지가 월지라는 확신이 있었던 것은 아니다. 신라가 멸망하고 고려와 조선 시대를 거치면서 월지는 웅덩이처럼 변해버렸다. 1962년 4월 27일 《조선일보》 기사 「오늘의 신라 옛터」에서는, 동궁의 석축들은 향교를 만드는 데 주로 옮겨가버렸고 나머지도 개인들이 마구 가져가버렸으며 그 후면은 지나가는 철도 부설 때문에 모조리 없어져버렸다고 전한다.

부산 박물관에 보관된 일제 강점기의 기념엽서에는 안압지의 사진이 남아 있는데, 1926년에 일제가 지은 임해정을 배경으로 수풀이 우거진 안압지에 갓을 쓴 노인이 낚싯대를 드리우고 있다. 궁궐의 일부였던 '임해전'을 한낱 정자인 '임해정'으로 만들어버린 식민지 통치자들의 옹졸함이 가소롭다. 패망이란 결국 그처럼 좀스러운 조롱과 경멸을 감당해야 하는 것인지도 모른다.

버려진 안압지에는 잡초들이 무성했고 가운데 물이 얼마간 고여 있을 뿐이었다. 서북쪽으로는 수양버들이 늘어져 있었고 동쪽에 자리한 임해정에서 사람들이 술을 마시고 놀았다. 동쪽으로는 대나무 숲이 있었는데 뒤쪽으로 정식 술집은 아니지만 막걸리도 팔고 안주도 파는 민가가 있었다. 연못이 있고 정자가 있으니 꼼짝없이 유원지로 여겨졌던 것인지, 지금 동궁과 월지 매표소 건너편 자리에도 삶은 달걀이며 과자며 소주를 파는 장사가 있었다고 한다.

빛나는 삼한 통합의 증거, 월성이 펼친 너른 날개는 그렇게 세월 속에 잠겨 있었다. 안압지 준설 공사를 시작할 때만 해도 연못에 흙이 두껍게 퇴적되어 있어서 물이 깊지 않으니까 양수기로 물을 퍼낼 수 있을 거라고 생각했단다. 물을 빼노라니 붕어 같은 물고기들이 많이 나와서 일부 큰 고기는 불국사 연못에 넣고 일부는 인부들이 집에 가져갔는데 고기 한 마리가 지게에 짊어지고 갈 정도로 컸다는 '썰'이 있다. 그러니 버려진 연못 안압지 전체가 그토록 정교한 호안석축으로 둘러싸여 있을 거라고 그 누가 생각했을까?

호안석축護岸石築이란 흙이 무너지는 것을 막기 위해 돌로 쌓은 축대 시설을 말하는데, 안압지의 가장자리와 내부에 있는 3개의 섬(크기에 따라 대도, 중도, 소도라 불린다) 외곽에서 돌을 여러 층 쌓아 만든 벽이 확인되었다.

신라인들의 기술과 정성은 놀라웠다. 안압지의 총면적은 4,738평이고, 그 안에 독립된 3개의 섬이 있다. 그리고 연못 안에 물이 들어오고 빠져나가는 입수구와 출수구가 있으며, 연못의 서편과 남편에 건물지가 총 31동 조성되었다.

신라 건축의 정교함은 호안석축이 각 부분의 자연 지형과 용도를 고려해 축조되었다는 사실에서 확인된다. 주로 자연석과 가공석을 사용해 호안석축을 쌓았는데, 건물지와 접해 있는 서쪽의 호안석축은 연못에 물이 가득 찼을 때 물에 잠기는 부분은 자연석으로, 수면 위에 노출되는 부분은 잘 다듬어진 장대석을 사용했다. 건물지와 접해 있지 않은 호안석축과 독립된 세 개의 섬은 장방형의 가공석을 사용해 축조했고 석축 아랫부분에는 굄돌을 배열했다.

연못 서쪽과 남쪽의 호안석축은 직선으로, 동쪽과 북쪽의 호안석

1975년 안압지의 호안석축 발굴 당시의 모습. 연못 가장자리와 섬의 외곽에 돌을 여러 층 쌓아 벽을 만든 것을 호안석축이라고 한다.

축은 곡선으로 축조되었고 직선으로 축조된 서쪽에는 총 5동의 건물지가 석축과 인접해 축조되었다.

너른 날개를 펼친 월성

발굴 조사를 끝내고 현재 다시 지은 건물은 1·3·5호지에 복원한 3채이다. 수십 채의 전각은 입구를 통과해 연못을 향하는 길에서 터의 흔적으로 만날 수 있다. 더 이상 쓸쓸하게 버려진 연못이 아니라 시민과 관광객이 찾는 가장 인기 있는 장소가 된 안압지, 아니 동궁과 월지야말로 월성 발굴 조사와 더불어 신라 왕성의 비밀을 밝히는 핵심이라 할 만하다.

월성과 동궁을 하나의 왕성으로 치면 면적은 약 21만 평방미터에 이른다. 증축한 경복궁의 면적이 약 34만 평방미터이니 고대의 왕성으로 대단한 규모가 아닐 수 없다. 동궁과 월지는 신라의 일상을 보여주는 수만 점의 출토 유물로도 유명하다. 후일 만든 동궁과 월지가 이 정도일진대 과연 월성은? 이런 추측이 월성에 대한 기대를 더욱 크게 만든다. 단, 너무 큰 기대는 조바심과 성과주의를 부추길 수 있으니 조심조심해야겠지만.

마침내 물 밖으로 나온 보물들
동궁과 월지 2

유물 같은 책 한 권

동궁과 월지 발굴 조사 보고서가 보고 싶어서 H기자를 통해 경주문화재연구소에 한 부 보내주십사 부탁을 했다. 며칠 후 택배로 보고서 한 권이 도착했는데 포장을 뜯는 순간 감탄과 웃음이 동시에 터져 나왔다. 제법 두껍고 튼튼한 책 한 권을 무슨 유물처럼 여러 번 싸고 정성들여 포장했다. 흙먼지 피어오르는 현장에서 몇 날 며칠을 붙박여 살며 시간의 흔적을 더듬는 고고학자들의 성격이랄까 개성을 잠시 엿본 듯했다.

『폐허에 살다』(책과함께, 2016)의 저자 메릴린 존슨은 괴팍하고 고집불통이며 답답할 정도로 고지식해 보이는 고고학자들을 수없이 만난 끝에, '고고학이란 무엇인가'라는 처음의 화두로 되돌아가 결론 짓는다. "그것은 생명을 죽이는 것과 반대되는 것이며 수천 또는 수백만 년 동안 잊히고 파묻혀 있던 것들에게 생명을 되돌려주려는 노력"이라고.

대단한 소명 의식이나 책임감으로 평생을 학문에 바쳤다기보다, '갈라진 틈 사이로 빠져버린 역사를 어떻게 해서든 다시 길어 올리는' 소생의 과정을 즐기는 사람들이 고고학자라는 것이다. 그토록 단순하고 명료한 목표, 자신의 일에 대한 맹목적인 몰입과 열정이 아니라면 고단하고 지루한 발굴 조사 과정을 견디기 어려웠을 것이다.

하지만 진실과 사실/현실과의 사이에는 엄연한 괴리가 있다. 그저 갈라진 틈새 정도가 아니라 크레바스에 가까운 균열이다. 학문 선진국이라는 미국에서조차 고고학자들은 최저 생활을 유지할 정도의 임금을 주는 일자리마저 찾기가 대단히 어렵다고 한다. 평균적으로 화가보다도 월급이나 임금이 낮으며 실업 상태인 고고학자가 50퍼센트에 이른다는 것이다. 오죽하면 경제 전문지 《포브스》가 2014년에 '인류학'과 '고고학'을 최악의 대학 전공 분야로 선정했을까.

문학과 역사와 철학, 이른바 인문학의 미래는 이와 비슷한 검은 그림을 그리고 있다. 학부 전공의 의미는 거의 사라졌고 학문적 전망도 밝지 않다. 30여 년 전에도 '굶는 과'라 불리던 '국문과'를 졸업한 나는 안타깝기보다 '올 것이 왔다'는 심정이다. 인문학은 모든 학문의 기본이자 창조력의 원천이라지만, 당장 내일 인문학자가 지상에서 깡그리 사라진대도 세상은 망하지 않을 것이다. 아니, 거의 조금의 타격도 없을 것이다.

아이러니하게도 이런 말을 하면 놀라거나 위로하는 사람들은 인문학과 관련이 없는 전공자들이다. 인문학 전공자들은 너 자신을 알라고 말할 필요도 없이 나 자신의 처지를 너무 잘 안다.

그럼에도 불구하고 경주에서 부쳐온 정교한 포장의 책 한 권은 오래 잊고 있던 순정(?)을 일깨운 듯 부듯했다. 시판되지 않는 비매품 발굴 조사 보고서 한 권이지만 누군가에게는 유물을 넘어 보물로 취급받기에 충분할지 모른다.

미래가 없으면 어쩔 것인가? 어디선가 듣고 요즘 내가 곱씹고 있는 한마디가 이 경조부박한 시대에 인문학을 한다는 사람들에게도 통할 듯하다.

"하루하루는 열심히 살고, 인생은 되는대로 살자!"

'목선 두 동강'

책 한 권도 꼼꼼하게 포장해 부치는 정성이 유물 보존에는 더욱 완벽에 가깝게 발휘될 게 분명하다. 하지만 동궁과 월지가 발굴되던 1970년대만 해도 한국의 조사 능력은 허술하기 그지없었다. 제국주의적 목적 아래 발전해 온 고고학이 식민지였던 한국에서 자리 잡기에는 기술과 경험 양면에서 한계가 있었다. 1970년대 국립경주문화재연구소의 주요 발굴 조사는 1973년 천마총, 1973~1975년의 황남대총, 1975~1976년의 안압지, 1976~1983년의 황룡사지, 1979~1980년의 감은사지 등이다. 제한된 인력을 풀가동하여 중요한 유물 유적을 정신없이 발굴했다.

2015년 개최된 '안압지 발굴 조사, 역사의 그날' 행사의 자료집 격인 『못 속에서 찾은 신라-45년 전 안압지 발굴 조사 이야기』에는 그 시절의 발굴 주역들이 토로하는 감격과 더불어 아쉬움과 안타까움의 사연이 가득하다. 특히 두 동강 나버린 목선과 불타버린 주사위는 한국 고고학계의 잊지 못할 사건으로 기록되어 있다.

1975년 3월 25일 정식 발굴 조사가 시작되면서 물속에 잠겼던 보물들이 말 그대로 쏟아져 나왔다. 완형 1만 5,000점과 파편 1만 8,000점, 약 3만 3,000점의 유물이 안압지 한 곳에서 나온 것이다. 기와, 벽돌, 건축부재, 불상, 용기, 숟가락, 배, 주사위, 금동제 가위, 목간 등등. 대부분의 유물은 연못의 서쪽에 복원된 건물지를 중심으로 호안석축 내부 반경 6미터 거리 내의 바닥 토층에서 출토되었다고 한다.

앞서 발굴 조사를 진행한 천마총이나 황남대총은 무덤이었기에 발굴된 유물들이 거의 없었다. 통일 신라 시대 고분에서 유물이 나오지 않는 이유는, 박장화薄葬化라고 해서 불교의 유행과 함께 부장품을 넣지 않는 경향이 나타났기 때문이다. 게다가 도굴까지 당해서 얼마간의 껴묻거리마저 모두 사라졌다. 신라 금관이 나온 고분들은 5세기를 전후한 무덤이고 6세기만 되어도 유물이 나오지 않았다.

그런데 안압지에서 실제로 통일 신라 초창기에 사용했던 생활 유물이 나오면서 고분 부장품으로 확인할 수 없는 신라인들의 일상을

동궁과 월지에서 발굴된 다양한 암막새(왼쪽)와 수막새.

확인하게 되었다.

가장 많이 출토된 유물은 와전류였다. 기와는 서편 건물지에서 암키와와 수키와, 암막새와 수막새 세트로 많이 나왔는데, 여태까지 한 유적에서 그렇게 많은 종류의 와당이 출토된 것은 안압지가 유일하다고 한다. 와당 중에서도 특별히 중요한 것은 문자가 쓰인 명문

와당인데, '의봉4년개토'(679, '의봉'은 당나라 3대 황제 고종의 연호)가 새겨진 암키와, '조로2년'(680)이 새겨진 명문전 등은 『삼국사기』에 전하는 연못 축조와 동궁 창건 시점과 비슷하다는 점에서 안압지가 동궁과 월지가 되는 데 중요한 근거가 되었다.

또한 안압지에서는 종이가 없던 시대에 문서나 편지로 쓰인, 글을 적은 나뭇조각인 '목간木簡'이 여러 점 발견되었다. 목간은 고대 사학자들에게 정말로 의미가 큰 유물인데 중국에서는 1910년, 일본에서는 1961년부터 나온 것이 한국에서는 1975년 안압지에서 처음 발견된 것이다.

이외에도 안압지에서는 처음 나온 보물이 하고많다. 전법륜인轉法輪印의 수인을 한 불좌상이 출토된 것도 안압지가 최초였는데, 전법륜인은 진리의 수레바퀴를 굴린다는 뜻으로 석가모니가 진리를 전도할 때의 수인이다. 촛불의 심지를 자르는 금동 가위가 나와 호화스러운 신라인의 생활을 보여주었고, 일본 황실의 보물 창고인 정창원에 가

'의봉4년개토'가 새겨진 암키와(왼쪽)와 측면에 '조로2년' 문자가 새겨진 보상화무늬 전돌.

위와 함께 보관되어 있는 숟가락들과 똑같은 것이 안압지에서 출토되어 신라와 일본의 교역 상황을 알 수 있는 귀중한 자료가 되었다.

지금이야 목록으로 깔끔하게 정리되고 보존 처리되어 박물관에 모셔진 유물들이지만, 1975년 현장에서 발견되었을 때는 정체가 무엇인지 어떤 의미인지 그야말로 '혼란의 카오스'였을 것이다. 조각 나 있고 삭아 있고 흩어져 있는 그것들을 최대한 손상 없이 연구실로 옮기기 위해 최선을 다했겠지만, 알다시피 현실은 그다지 아름답지 않다. 대개 누추하고 더러 너저분하고 때때로 어이없다. '목선 두 동강' 사건은 그 와중에 일어났다.

『못 속에서 찾은 신라-45년 전 안압지 발굴 조사 이야기』에는 사건의 개요가 흑백 사진과 함께 타임 테이블로 실려 있다. 설령 실수라도 기록해야 한다. 역사의 현장에서는 실수 또한 역사다.

1975년 4월 16일 발견: 준설 공사 때 연못 동쪽 임해정 앞에서 배가 일부 발견된 것을 완전히 노출하였다. 노출된 배는 스펀지처럼 너무 약해 금방이라도 부서질 것 같았다. 바로 수습하지 않고 비닐로 씌워 보습 처리하였다.

1975년 7월 25일 이동 1_연못 밖으로: 배를 박물관으로 옮기는 작업을 실시하였다. 배는 천으로 나무 막대기와 배를 단단히 고정시킨 후, 작업원 20여 명과 함께 옮기기 시작했다. 기자를 비롯한 많은 손님들이 이 광경을 지켜보고 있었다. 배를 이동하는 도중 배 중간

발굴 당시 연못 밖으로 모습을 드러낸 안압지 목선.

이 살짝 금이 갔다. 모두들 당황했고, 기자들은 뛰어가 '목선 두 동강'이라고 전보를 보냈다. 혼란한 상황을 정리한 후, 다시 천천히 배를 연못 밖으로 이동시켰다.

1975년 7월 25일 이동 2_ 박물관으로: 배를 박물관으로 이동시키기 위해 3부분으로 해체시켜 솜으로 감싼 다음 움직이지 않게 고정시켰다. 트럭에 배를 싣고, 조사원을 비롯한 여러 명의 작업원들이 배 주위에 둘러앉아 배가 움직이지 않도록 잡고 있었다. 트럭이 안압지 밖을 나와 도로로 진입하자, 동네 주민들이 트럭을 따라 뛰면서 구경하려 했다. 트럭이 박물관에 무사히 도착한 후 배를 보존 처리하기 위해 지하실로 옮겼다.

1975년 7월 25일 보존 처리: 지하실로 옮긴 배를 다시 조립하였다. 배의 크기에 맞게 미리 짜둔 나무곽 안에 물을 붓고 약품을 희석시킨 후 배를 담가놓았다.

오늘보다 나은 내일을 믿다

1975년 7월 25일 박물관으로 이동해 9년여의 기나긴 보존 기간을 거친 그 배는 지금 국립경주박물관 상설 전시관인 월지관에 전시되어 있다. 자세히 보면 반으로 갈라져 있는 균열의 흔적이 보일락 말락 한다. 이른바 '불상사'의 상흔이다.

발굴 착수 20일 만에 중도와 소도 사이, 임해정 건물 가까이에서 나온 나무배는 현장을 흥분의 도가니로 몰아가기에 충분했다. 3개의 통나무를 이어 만든 길이 약 6미터, 너비 약 1.1미터의 나무배는 1973년 중국에서 발견된 당나라 때의 배와 구조가 같은 것으로 통일 신라 때의 배 양식을 보여주는 유일한 유물이었다.

연못 바닥에 붙어 있던 그것을 들어내기 위해서는 두 사람 이상이 짝이 되어 배를 얽어맨 밧줄에 막대기를 꿰어 어깨에 메고 나르는 '목도'를 해야 했다. 요즘 같으면 철제 파이프를 이용해서 요동을 줄였을 것이다. 하지만 당시에는 그런 것이 없었기에 각목같이 긴 나무를 이용해 장례를 치를 때의 상여처럼 만들어 목도를 했다.

연못 바닥에서 언덕 위로 올라가는 길은 경사졌다. 배의 균형을 유지하기 위해서는 목도채를 멘 20여 명의 인부가 똑같이 힘을 써야 하는데, 오르막길 중간쯤에서 힘에 부친 뒤쪽 인부들이 주저앉는 바람에 목선이 휘청하더니 중간 부분이 갈라져버리고 말았다.

"제가 그날 사표를 써서 문화재 관리 국장한테 보냈습니다."

안압지 발굴의 조사 단장이었던 김동현 선생은 언론에 대서특필된 '목선 두 동강' 사건에 대해 현장을 떠나는 것으로 책임지려 했다. 하지만 '목선 두 동강'은 당시의 엄청난 취재 경쟁이 빚어낸 과장된 기사이기도 했다.

눈으로 보기에 멀쩡할지라도 나무는 유기물이라 물속에서 썩어 스펀지 상태이기 때문에 고고학자들을 아주 긴장하게 만드는 유물이다. 안타깝지만 어쩔 수 없는 일이었다. 그것은 '취급 부주의'로 허리가 부러진 것이 아니라 당시의 보존 과학이 가진 '한계'에 의해 금이 간 것이었다. 물론 사표는 수리되지 않았다. 그들이 아니라면 대체할 인력이 따로 있을 리 없었다.

1960년대까지는 고고학자들도 수중 발굴에서 수집할 가치가 있는 유물과 정보가 나올지에 대해 회의적이었다. 이제 그런 의구심은 사라졌지만 도입된 지 몇 년 안 된 보존 기법도 이미 부적합 상태다. 이것이 아바스가 발굴 작업을 서두르지 않는 또 하나의 이유다. 기술이 매년 새로워지고 있기 때문이다. 다른 고고학자들은 미래는 수중에 있다고 말한다. 하지만 아바스는 미래는 재료 과학과 보존에 달려 있다고 말한다. 발견물을 보존하는 것이 가장 어

경주국립박물관 월지관에 전시되어 있는 목선.

려운 부분이다.

　다시 『폐허에 살다』를 펼쳐보면 고고학계의 이런 고민은 비단 우리나라만의 문제가 아니다. 목제 유물을 처리할 기술자가 한 명도 없었던 상태에서 벌어진 뼈아픈 해프닝과 시행착오야말로 현재에 이르러 보존 과학의 수준을 높이는 데 밑거름이 되었음이 분명하다. 수천수만 년 전의 유물과 유적을 찾는 고고학자들이 오늘보다 내일을 믿는 까닭이 거기에 있다. 내일은 오늘보다 조금은 더 나아질 테니, 지금 알 수 없는 어제는 내일의 몫이리라.

신라 시대의 술 게임
동궁과 월지 3

한잔해! 한잔해!

이러거나 저러거나 우리는 음주가무로 역사와 전통이 있는 민족
이다.

은정월殷正月이 되면 하늘에 제사 지낸다. 이때가 되면 온 나라 안
에 모두 모여서 날마다 술 마시고 노래하고 춤을 춘다. 이를 영고
라고 한다. 이때가 되면 감옥에서 형벌을 다스리지 않고 죄수들도
풀어 내보낸다.

『삼국지三國志』「위서魏書」 동이전 부여조의 기록이다. 부여는 기원

전 2세기경부터 494년까지 북만주 지역에 존속했던 예맥족의 국가인데, 고구려는 부여계 왕실과 고조선계 토착 세력이 구성한 나라로 알려져 있다.

부여에서 나라의 축제 날 내내 술을 마신 것처럼 삼한의 다른 군중대회인 고구려의 동맹東盟, 동예의 무천舞天에서도 비슷한 음주 문화가 있었을 것으로 예상된다. '온 나라'에서 '모두' 모여서 '날마다' 마시려면 대량으로 술을 제조하는 기술 또한 있었을 테다.

애초에 술은 자연 식품이었다. 야생의 열매가 익어 떨어져 자연 발효되어 만들어진 과실주가 최초였다. 들큼하고 씁쌀한 그 물을 처음 마신 원시인은 이상야릇 기기묘묘한 느낌에 얼마나 흥분했을까? 덩실덩실 어깨춤을 추었다가 훌쩍훌쩍 울었다가 으르렁으르렁 화도 냈을 것이다. 얼마간 시간이 지나 야릇했던 기분이 감쪽같이 사라져 버리니, 다시 그 마법의 물을 찾아 헤매다가 기어이 물을 빚어 만들기에 이르렀다.

그리스 신화의 디오니소스와 로마 신화의 바쿠스는 같은 존재이다. 그는 포도와 포도주의 신이자 다산과 풍요, 기쁨과 광란, 황홀경의 신이기도 했다. 디오니소스를 부르는 별칭이 술이라는 기묘한 액체의 속성을 고스란히 드러낸다. 소란스러운 자(브로미오스), 근심을 덜어주는 자(리아에우스), 부르짖는 자(이아쿠스), 위대한 사냥꾼(자그레우스) 등등.

신라 사람들도 술을 마셨다. 그것도 제법 많이 마셨을 것이다. 조선 시대에 금주령이 가뭄이나 흉작, 기근 등의 상황에서 내려졌던 것을 보아 곡식으로 만드는 술을 즐기기 위해서는 경제적으로 부족함이 없어야 한다. 금입택과 기와집이 줄지어 늘어섰던 신라 왕경 서라벌에서라면 술을 빚어 마시는 일이 어렵지 않았을 것이다. '풍류'를 즐기는 일에 술이 빠질 수 없을뿐더러, 포석정의 흐르는 물에 술잔을 띄우고 시를 읊으며 벌인 연회는 신라인들의 진진한 술 문화를 한눈에 보여주는 장면이 아닐 수 없다.

못 속에서 건져낸 주사위

1975년 안압지 발굴 조사를 시작한 이래 수많은 신라의 유물들이 출토되었다. 고분과 달리 안압지에서는 일상의 기물들이 많이 발견되어 신라 사람들의 생활상을 좀 더 자세히 알 수 있게 되었다. 그들도 우리와 크게 다를 바 없었다. 먹고, 마시고, 놀고…… 자기의 시대와 자기 앞의 생을 열심히 살았다.

주령구酒令具 또한 안압지 못 속에서 발굴되었다. 가로세로 2.5센티미터의 정방형 면이 6개, 2.5센티미터와 0.8센티미터 육각형의 면이 8개, 총 14면을 가진 참나무로 만든 주사위였다. 딱 손에 잡히는 크기로 각 면에 네다섯 개의 글자가 새겨져 있어서 한눈에 오락용 주사위임을 알 수 있었다.

우리 조상님들, 신라인들도 주사위 게임을 했다. 그것도 각양각색의 벌칙을 내건 술 게임을!

금성작무禁聲作舞: 노래 없이 춤추기

중인타비衆人打鼻: 여러 사람이 코 때리기

음진대소飮盡大笑: 술잔 한 번에 다 비우고 크게 웃기

삼잔일거三盞一去: 술 석 잔 한 번에 마시기

유범공과有犯空過: 덤벼드는 사람이 있어도 참고 가만있기

자창자음自唱自飮: 스스로 노래 부르고 마시기

곡비즉진曲臂則盡: 팔을 구부려 다 마시기

농면공과弄面孔過: 얼굴 간지러움을 태워도 참기

임의청가任意請歌: 마음대로 노래 청하기

월경일곡月鏡一曲: 월경 노래 한 곡 부르기

공영시과空詠詩過: 시 한 수 읊기

양잔즉방兩盞則放: 술 두 잔이 차면 한 잔 바로 비우기

추물막방醜物莫放: 더러워도 버리지 않기

자창괴래만自唱怪來晚: 스스로 '괴래만'이라는 노래 부르기

아들아이에게 요즘 젊은이들이 하는 술 게임이 무엇인지 물어보았다. 제일 흔한 것이 '딸기가 좋아', '바니바니 당근당근', '지하철', '공동묘지' 게임 등이란다. 게임 방식을 하나만 살펴보면 '딸기가 좋아'는 기본 동작에 맞춰 딸기를 말하는 게임인데, 옆 사람으로 넘어갈수록 딸기를 말하는 횟수가 늘어나고 최대 8회까지 늘어났다가 다시 순차적으로 1회까지 떨어지게 된다고 한다. 아들아이는 '딸기가 좋아'를 변형한 '고래가 좋아'를 제일 좋아하는데, 박자를 더 잘게

쪼개어서 빠르게 진행하기 때문에 박자감이 없는 사람이 금방 걸린다는 것이다. 게임에서 걸리면 벌주로 술 한 잔, 원샷!

주령구의 벌칙은 현대의 술 게임과 닮은 점이 많다. 벌주 마시기, 춤추기, 노래하기 등등. 그중 '괴래만怪來晚'은 정확히 무엇인지는 알려져 있지 않지만 도깨비 괴怪로 보아 괴이한 모습을 흉내 내거나 이상한 노래를 부르는 것이 아닐까 싶다. 벌주 마시기도 세분화하여 술 석 잔을 한 번에 마시는 삼잔일거가 있는가 하면, 술 두 잔이 차면 한 잔을 바로 비우는 양잔즉방이 있고, 팔을 구부려 다 마시는 곡비즉진은 요즘의 '러브샷'과 비슷할 듯하다.

재미있는 보물 주령구는 현재 경주국립박물관 월지관에서 볼 수 있다. 그런데 너무나 안타깝게도 월지관에 전시된 주령구는 진품이 아니라 모조품이다. 목선에 금이 간 사건보다 더 큰 사건이 발굴된 유물들을 보존 처리하는 과정에서 일어났다.

주령구와 함께 못 속에서 발견된 또 다른 흥미로운 유물이 목제 남근 2점이었다. 남성 성기와 완전히 똑같은 모양새를 지닌 안압지의 남근은 길이 13.5센티미터와 17.5센티미터에 머리 쪽으로 갈수록 두꺼워지며 3개의 혹까지 만들어 붙인 정교한 물건이었다. 목제 남근은 발견 당시부터 많은 사람들의 호기심을 자극했다. 현장에서는 나무로 만들어진 유물들의 훼손을 방지하기 위해 합판으로 짠 상자를 두고 안에 비닐을 깔고 물을 넣어서 담가두었다고 한다. 그런데 현장을 방문하는 사람마다 남근을 보자고 요청하니, 매번 상자를 휘저어 찾을 수 없었던 최태환 작업반장이 남근에 실을 묶어두고 보

자 할 때마다 실을 당겨 꺼
냈다는 웃지 못할 에피소드
도 있다.

실제로 목제 남근은 실생
활 용품(!)이라기보다 신앙
도구라 할 만하다. 문명 이
전부터 인간은 생식기를 생
명의 근원으로 여기며 숭배

신라 시대의 술 문화를 엿보게 하는 주령구. 아
쉽게도 지금은 모조품만 남아 있다.

했다. 신라인들의 성기에 대
한 이상화 사례가 『삼국유사』에 나오는 지증왕의 대물大物 설화에서
도 확인된다. 또한 고분에서 발견된 토우들이 지닌 다채로운 모양과
크기의 성기는 왕성한 생명력으로 자손의 번영을 바라는 신라 사람
들의 소망을 반영하고 있다.

못 속에서 꺼낸 목제 유물들은 약품 경화제를 침투시켜서 서서히
건조해야 한다. 그런데 한없이 마르기를 기다릴 수가 없으니 경화를
촉진하기 위해 오븐을 사용했는데, 아뿔싸, 24시간 정도 아주 약한
온도로 건조를 시켜야 하는 오븐이 밤에 과열돼서 불이 난 것이었
다. 아침에 출근을 했을 때 연구자들 앞에는 완전히 타버린 주령구
와 남근이 검은 흔적만 남기고 사라져 있었다. 국보 중의 국보를 태
운 죄로 연구자들은 종로 경찰서에 불려다니며 조사를 받고 감봉 등
의 징계를 받았다.

불행 중 다행은 남근 2점은 완전히 타버렸지만 주령구는 모조품

으로 남았다는 것이다. 안압지 발굴 조사단장 김동현 선생이 무슨 생각이었는지 불나기 직전 주령구만 박달나무로 똑같은 모조품을 만들었다. 본능과 같은 선견지명인 듯 모조품 잘 만드는 사람을 수소문해서 두 개를 똑같이 제작했다는 것이다. 하나는 선생의 집에, 그리고 둘 중 더 잘된 주령구 모조품을 국립경주박물관에 기증해 지금 우리가 관람할 수 있게 되었다. 안타깝고 아쉽지만 그나마 다행이다.

술이 들어간다, 쭉쭉쭉쭉

『탈무드』의 우화에서는 사람이 술을 마시면 양, 사자, 원숭이, 돼지가 된다고 했다. 처음 마실 때는 양처럼 순하다가, 좀 더 마시면 사자처럼 사납게 되고, 좀 더하면 원숭이처럼 춤추거나 노래를 하게 되고, 마침내는 토하고 뒹구느라 돼지처럼 더럽게 된다는 것이다. 사람이 술을 마시는 것이 아니라 술이 술을 마시는 지경!

하지만 돼지가 될 때까지 달리지만 않으면, 술 같은 마법의 묘약이 또 어디에 또 있을까? 술이라면 빠질 수 없는 당나라의 시인, 주선酒仙 이백(701~762)의 권주가 「장진주將進酒」 한 구절이 동서고금 술꾼들의 마음을 대변한다.

한 잔 드시게나.

잔 멈추지 마시고
그대 위해 한 곡조 읊어보리니
나를 위해 귀 기울여 들어보게.
풍악 소리 살진 안주 대단할 게 없다네.
오로지 원하느니 내내 취해 안 깨는 것.
예로부터 성현들은 다 흔적 없어도
오직 술고래만은 이름을 남겼다네.

천년 전의 전염병과 화장실

동궁과 월지 4

역병의 시대

2019년 가을에 태어나 2020년 첫돌을 맞은 아이는 집 안에서 놀다 지루해지면 벽에 걸어놓은 마스크를 뒤집어쓰는 시늉부터 한다고 한다. 마스크를 쓰는 행동이 바깥으로 나가는 신호인 셈이다. 첫걸음을 시작한 아이의 눈에 세상은 마스크로 얼굴을 반 이상 가린 사람들이 조심조심 서로를 피해 다니는 곳일 게다. 필터를 통과한 들숨과 날숨이 자연스럽고, 체온을 재고 소독제를 손에 바르는 일이 당연할 테다. 코로나19 바이러스가 없는 세상에서 살아보지 못한 아이도 가엾지만 그보다 많은 사람들이 바이러스가 없는 세상에서 살아봤기에 괴롭다.

얼마 전 재출간을 위해 원고를 정리하다가 어느 에세이에서, "언젠가 멀지 않은 시일 안에 암과 에이즈 등의 불치병은 정복될 테지만 인간은 그보다 훨씬 더 위력적인 악성 바이러스에 감염되어 죽어갈 것"이라는 구절을 발견했다. 10여 년 전에 환경 오염을 경고하며 쓴 글이었는데 내 예감이 들어맞았음에 기쁘기보다 어이없었다. 그렇게 쓰면서도 몰랐다. 역사서에서나 읽었던 '역병의 창궐'로 이런 세상이 올 줄은, 와도 이런 식으로 예고 없이 들이닥칠 줄은.

2020년은 결코 잊을 수 없는 이상한 한 해였다. '사회적 거리 두기'라는 말이 공공연해지면서 모든 집합 행위가 중단되거나 축소되었다. 가족과 친구들을 만나지 못하고, 칸막이를 치고 '혼밥'을 먹는 일이 장려되고, '셧다운'된 나라들과 단계별로 문을 닫는 가게들이 늘어났다. 바이러스는 사람들을 분리하고 고립시켰다. 그리고 사람들의 연결을 통해 이루어지던 경제를 비롯한 모든 사회적 활동을 마비시켰다.

행운과 불운은 이웃이라 그 와중에도 온도 차는 있었다. 비대면과 재택근무 등을 위시한 뉴 노멀(New Normal)이 가속화된 반면 현재진행형으로 생존의 위협을 받는 사람들 또한 무수하다. 고통과 불행을 경쟁하는 것은 의미가 없다. 정도의 차이는 있을지라도 누구라 할 것 없이 힘들고 괴롭고 지난했던 나날이었다.

과학과 문명이 아무리 발달해도 천재지변 앞에 가랑잎처럼 쓸려가는 인간의 삶을 보면 무력감을 느끼게 된다. 옛사람들이 천둥과 벼락, 일식과 월식, 큰비와 바람에 두려움을 느낀 것도 그들이 어리석어서만은 아니다. 그처럼 모진 자연의 질책에 때로 순응하고 때로 저항하며 인간의 삶은 면면히 이어져왔다. 누군가 왜 사냐고 묻는다면, 삶은 살아가는 그 자체로 이유이자 의미이자 목적이라 대답하고 싶다.

월성의 확장인 동궁과 월지에서는 200여 점 이상의 목간木簡이 발굴되었다. 종이가 귀했던 시절에 얇게 깎은 나무쪽에 글씨를 써서 편지나 문서로 사용했던 것이 목간이다. 안압지의 목간은 주로 월지 북서편 임해전지, 이른바 제4 건물지에서 제5 건물지로 통하는 이중 호안석축 밑 개흙층에서 수습되었다.

신라 당시의 관청 이름을 알려주는 '세택洗宅'을 비롯해 8세기 중엽 중국 당나라의 연호를 사용해 목간 제작 연대를 알려주는 '보응사년寶應四年'(765), '천보십일재天寶十一載'(752) 등의 목간이 발굴되었다. 오늘날의 출근 카드처럼 궁문을 경비하는 보초의 근무 상태를 점검한 내용이 기록된 목간도 있었다. 또 '(음식물을 담은) 연월일-음식물 명-가공 방식-용량·용기'의 형식을 갖추어 가오리[加火魚], 돼지[猪], 노루[獐], 전복[鮑] 등을 젓갈로 만든 내용이 기록

신라 시대 편지나 문서용으로 쓰였던 목간. '세택'명 목간을 비롯해 동궁과 월지에서 발견된 목간들.

된 목간이 나와 월성 사람들의 식생활을 더 자세히 알 수 있게 되었다. '화초를 심고 진기한 날짐승과 기이한 짐승을 길렀다'는 기록을 증명하듯 기러기, 꿩, 오리 등의 새들을 비롯해 산양, 노루, 말, 사슴, 개, 멧돼지 등을 모아 동물원을 만들고 관리한 기록이 적힌 목간도 있다.

그리고 역병의 시대를 맞이하여 의미심장하게 주목할 만한 목간, 1,300여 년 전 신라에서 두창과 천연두가 창궐할 때 이를 치료하기 위한 처방전이 발굴되었다. 한국한의학연구원의 연구를 통해 밝혀진 바로는 약재의 이름, 무게, 가공법 등이 적혀 있어 전염병에 대한 실제 처방전으로 쓰인 목간임을 알 수 있다고 한다.

『삼국사기』에 공식적으로 남아 있는 '역병의 창궐'은 원성왕 12년(796)과 흥덕왕 8년(833)의 기록이다. 그때가 특별히 큰 피해를 입은 시기였기에 정사正史에 기록을 한 것이지 그때만 역병이 돈 것은 아니다. 오쟁이 진 사내 처용이 아내의 바람남인 역신을 물리치고 방역의 영웅이자 상징이 된 설화는 전염병이 민간의 가장 위협적이며 빈번한 질병이었던 증거라 할 만하다. 위생과 영양 상태가 나쁘고 항생제가 없던 시절에 피부 접촉과 호흡기로 전염되는 질병은 공포 그 자체였을 것이다. 미신과 주술이 횡행한 것도 어쩌면 당연하다.

하지만 공포와 미신의 깜깜나라에서도 신라 사람들은 최선을 다해 역병과 싸웠다. 목간에 적힌 약재들은 열을 내리고 장내 불순물을 신속하게 제거하는 효능을 가진 것들이다. 그들은 제한된 시대에 사력을 다해 병자들을 살리기 위해 발버둥질했다. 그들이 살아남아 우리를 낳았다. 어쩌면 지금 우리의 삶이야말로 역사의 살아 있는 유물일지도 모른다.

'깔끔쟁이' 신라인의 수세식 화장실

"인간의 역사는 곧 화장실의 역사다."

프랑스 작가 빅토르 위고의 말이다. 인간은 먹으면 싸야 한다. 먹는 문제 못지않게 배설의 문제를 어떻게 해결하는가가 중요하다. 그 것은 위생과 청결의 문제이기도 하거니와 그 사회의 문화 수준을 드러내는 지표가 된다.

2017년 9월, 국립경주문화재연구소는 동궁과 월지 북동쪽 인접 지역에서 발굴한 화장실 유물을 공개했다. 지금까지 국내에서 발견된 화장실 유적 중 가장 오래된 것은 전북 익산 왕궁리 유적에서 출토된 백제의 화장실이다. 왕궁리는 백제 30대 무왕(600~641) 때 조성된 궁성 유적인데, 이곳에서 2005년 직사각형 형태의 구덩이 3기와 종이 대신 뒷일을 볼 때 사용한 반원형 나무 막대가 발견된 것이다. 구덩이 토양을 분석한 결과 회충과 편충 등 기생충의 알이 확인되어 화장실 유적으로 인정받았다. 하지만 따로 물을 사용한 흔적은 발견되지 않았다.

동궁과 월지의 화장실이 왕궁리 유적과 다른 점은 변기와 배수 시설을 고루 갖춘 수세식 화장실로서 한국에서 처음으로 확인되었다

변기와 배수시설을 고루 갖추었던 신라의 화장실. 동궁과 월지에서 발굴된 변기형 석조물.

는 점이다. 화강암을 깎아 만든 변기의 모습은 양 다리를 딛고 쪼그
려 앉을 수 있는 판석板石과 그 밑으로 타원형 구멍이 뚫린 또 다른
돌이 조합된 형태다. 변기 구조상 오물이 석조물 아래 암거暗渠(지하
에 고랑을 파서 물을 빼는 시설)로 배출된 것으로 판단된다고 한다.
요즘처럼 물을 유입하는 설비는 따로 없다. 미리 준비한 항아리 등에
서 물을 떠서 사용하고, 변기에 물을 흘려 오물을 제거하는 수세식
이다.

　설명을 따라 사진을 보고 이용 방법을 상상해 본다. 자세히 보니
요즘도 가끔 볼 수 있는 형태다. 좌식 변기와 달리 쪼그려 앉는 변기
를 화변기和便器 또는 와변기, 세출식 변기, 수대변기, 동양식 변기라
부른다. 물을 내리는 방식은 물통에 달린 줄을 잡아당기는 하이 탱

크, 발로 밟거나 손으로 누르는 플러시 밸브, 여닫이를 움직이는 볼 밸브 등이 있다고 한다. 현재 공중 화장실에는 좌변기와 화변기가 혼용되고 있는데 의외로 쪼그려 앉는 화변기를 선호하는 사람들이 있다. 배를 압박해서 변을 보기가 쉽기도 하려니와 엉덩이가 변기에 닿지 않아 더 위생적이라는 것이다.

신라인은 깔끔쟁이들이었다. 동궁 건물지에서 발굴된 수세식 화변기는 고대 화장실로는 가장 고급형이다. 왕족 혹은 귀족 들은 용무를 보고 나서 변기 옆에 비치한 항아리에서 물을 떠서 변기 구멍에 쏟아부었다. 오물을 실은 물은 경사진 도수로導水路를 따라 흘러내려갔고, 지금의 정화조 비슷한 시설에 모인 것으로 보인다. 하지만 도수로 마지막 부분은 동해남부선 철길 밑으로 연결되어 있어 유적 전체 모습은 파악할 수 없었다고 한다.

동궁 화장실 유구에서도 기생충 알의 잔존 여부를 검사했다. 하지만 물에 다 씻겨 내려간 것인지 신라에 기생충 박멸법이 따로 있었던 것인지 왕궁리 유구와 달리 기생충 알이 발견되지 않았다. 화장실 유적에서는 당시 사람들의 식생활을 규명할 인분이 발견되기 마련이다. 이를테면 익산 왕궁리에서 나온 기생충은 채소를 먹을 때 생기는 회충과 편충이 많았다. 동해남부선 이설이 완료되고 발굴 조사가 확장되면 우리는 또 다른 신라의 화장실 문화, 그리고 식문화의 비밀을 알게 될 것이다.

모두가 시치미를 뚝 떼고 있지만, 시치미 떼는 법을 아직 배우지 못한 아이들만이 열광하지만, 똥오줌은 인간이 태어날 때부터 죽는 순간까지 처리해야 하는 어떤 것이다. 검은 구멍이 뻥 뚫린 신라의 변기를 바라보며 그 속으로 빨려 들어간 숱한 삶의 흔적을 생각한다. 천년을 뛰어넘어 그들과 우리가 한 치도 다를 바 없다.

또다시, 삶은 계속된다

마스크가 답답해서 죽을 지경이지만 이제는 마스크를 벗고 거리로 나가는 상상이 잘 되지 않는다. 갑자기 눈, 코, 입이 모두 드러난 사람들을 만나면 몹시 어색하고 쑥스러울 것도 같다. 우리 앞의 낯선 생, 그래도 삶은 또다시 계속된다.

백신과 치료제 개발로 전염병 극복의 길이 열렸다고는 하지만 제대로 집단 면역이 생기고 경제가 활성화되기까지는 시간이 필요하다. 모든 것이 회복되는 순간까지 견뎌야 한다. 견딘다는 것, 어려운 환경에 굴복하거나 죽지 않고 계속 버티면서 살아나가는 그 상태가 지금처럼 절박한 시절이 없다.

견디기 위해서는 무엇이 필요할까? 고대 그리스의 시인 소포클레스는 "인류의 대다수를 먹여 살리는 것은 희망"이라고 했다. 희망! 몽상이나 이상이 아니다. 사태가 장기화되면서 물질적·정신적으로 절망 상태에 빠진 사람들이 너무 많다. 생활고는 극심해지고 우울은 만연해졌다. 희망은 굶주린 육신과 영혼이 먹고살기 위해 붙들어야 할 유일한 것이다. 그런데 그것을 혼자 만들어내기는 어렵다. 불신과 불안으로 거리두기를 하며 접촉을 피했던 타인들, 오직 사람만이 함께 희망을 일굴 수 있다.

곁에 있는 사람들을 챙겨야 한다. 멀리 있는 사람들도 살펴야 한다. 병마와 싸우는 환자와 의료진들, 폐점하거나 휴업한 자영업자들, 비대면 수업에 지친 학생과 교사와 학부모들, 요양원에서 자식들을 기다리는 노인들과 그들을 돌보는 요양보호사들, 취업난에 좌절한 취업 준비생들…… 그리고 이 기이한 역병의 시대를 기어이 견디고 있는 모두가 서로를 연민과 전우애로 보듬어야 한다. 갈라치기 대신 연대가, 비난보다 격려가 절실하다. 연락을 해야 한다. 전화로든 비대면 화상으로든 안부를 물어야 한다. 비록 잡을 수 없는 손일망정 멀리 내밀어 뻗어야 한다.

이 또한 지나갈 것이다. 반드시 지나간다. 언젠가는 추억으로 그토록 이상했던 2020년과 2021년을 떠올릴 것이다. 그러기에 오늘 하루만, 하루만 견디고 살아내자. 무너지지 말고, 쓰러지지 말고, 절망과 우울에 굴복하지 말고. 모두의 건강과 건투를 빌 뿐이다.

"온종일 건지는 것 하나 없이
흙만 팔지라도"

권세규 월성 발굴 작업반장 인터뷰

한사코 손사래를 쳤다. 아는 게 없어 할 말이 없고, 누군가 그들의 말을 들으려 한 적도 없다고 했다. 하지만 천년 동안 잠에 빠졌던 월성의 속살을 가장 깊숙이에서 온종일 어루더듬는 사람들의 말이 어눌할지언정 어찌 헐후할까? 월성의 주인은 알에서 태어난 조상을 가진 왕족들이었지만, 월성을 만든 사람은 흙투성이 손을 두려워하지 않는 평범한 백성들이었을 것이다.

권세규 씨는 사설 기관을 통해 이루어진 작업을 포함해 10여 년을 경주 문화재 발굴 현장에서 일해 왔고, 2014년 12월 월성 발굴 조사 작업이 시작될 때부터 지금까지 작업반원이자 작업반장으로 일한 베테랑이다. 겨울철 작업 중단으로 휴가 중인 권세규 씨를 성건동 자택 근처 찻집에서 만났다.

현재 월성 발굴 조사 현장에서 일하는 작업반 인원은 얼마나 됩니까?

한 조에 약 20명 정도입니다. 월성 전체로 보면 7개 조, 약 140명 정도 됩니다. 날씨에 따라 너무 춥거나 더운 두세 달을 제외하고는 1년 동안 이 인원들이 출근합니다. 건강 문제라든가 집안 형편이라든가 개인적인 사정을 제외하고는 모두 상근하는 편입니다.

작업반의 성별과 연령 구성은 어떻게 되나요?

연령별로는 작업반원 중 최고령자가 80세이고 최연소자가 50대 중후반입니다. 고령자들은 경력이 10년에서 20년 가까이 된 베테랑이고 보통은 60대에서 70대가 가장 많습니다. 다들 연령대가 높은 편인데 정년이 따로 없다가 올해부터 만 75세 정년 규정이 생겼습니다. 성별로는 총 작업반원 140명 7개 조 가운데 여성이 1개 조 약 20명인데 주로 물체질water-sieving, water-floatation을 맡고 있습니다. 물체질 조는 발굴 후 남은 흙을 체질해서 씨앗이나 토우 등을 낱낱이 건져내는 일을 합니다. 나머지 6개 조는 주로 남성으로 구성되어 있습니다. 부부도 서너 쌍 있습니다.

월성 작업반은 어떻게 구성되어 있습니까?

조사하는 지구별로 구성됩니다. 성벽, 해자, 왕궁 건물지 등 3개 현장에서 각각 조별로 작업합니다. 지금까지 성벽에 2개 조, 해자에 3개 조, 왕궁 건물지에 2개 조가 작업해 왔는데 현재는 해자 쪽에 일이 많아져서 왕궁 건물지 담당 1개 조를 그리로 보냈습니다.

각 조는 작업반장 1명과 조원 19명가량으로 이루어져 있습니다. 작업 현장을 총괄하는 학예사가 1조에 1인 또는 2조에 1인이 결합되어 있고 연구원은 학예사 1인당 3~4인이 함께합니다. 연구원들은 작업반원들과 함께 호미질을 하기도 하고 이런저런 일로 현장에서 바쁘게 움직입니다.

역할이나 구역으로 작업반이 나뉜다면 각 분반의 일과를 알려주세요.

조별로 맡은 구역의 발굴 조사 작업을 진행합니다. 하루 일과는 유구 보호를 위해 덮어두었던 '갑빠'를 여는 일에서 시작해 각자 맡은 지구에서 발굴 조사를 돕습니다. 마무리는 역시 '갑빠'를 닫는 일로 끝이 납니다. 일과 시간은 오전 9시부터 오후 6시까지입니다. 12시에서 1시까지 점심시간을 제외하고 작업 중간에 10분에서 20분 정도 휴식 시간이 있습니다.

월성 발굴 작업 중 특별히 기억에 남는 일이 있다면 말씀해 주세요.

해자를 발굴 조사할 때 목간과 작은 토우, 씨앗 등을 건져냈던 일이 기억납니다. 해자의 펄을 걷어내는 작업이 꽤나 만만치 않았습니다. 그 펄을 모두 물체질 해서 자칫하면 놓칠 수도 있었던 작은 유물들을 빠짐없이 찾아냈다는 것이 보람 있었습니다.

2010년 이집트 유적 발굴을 이끌고 있던 고고학자 자히 하와스는, 피라미드는 비참한 강제 노동으로 노예들이 채찍질을 당하며 만든

게 아니라 자유로운 노동자 약 1만 명이 날마다 버펄로 21마리와 양 23마리를 식량으로 제공받으며 만들었다고 주장했다.

하와스가 근거로 제시한 것은 왕의 무덤 주변에 노동자들의 무덤이 자리했을뿐더러 노동자의 무덤 벽에 자신들을 '쿠푸 왕의 친구'라고 쓴 낙서가 발견되었기 때문이란다.

덧붙여 발랄한 일설에 의하면 노동자들이 피라미드 건설에 자원한 이유가 물질적 보상만이 아니라 그것을 만드는 일이 '재미'있었기 때문이라고 한다. 험하고 고된 노동일지언정 '의미'와 '재미'마저 없다고 치부하는 건 또 다른 오만일지 모른다.

만약 허락을 받을 수 있다면 단 하루라도 작업반원으로 일해 보고 싶었다. 발굴 작업마저 중단시킨 추위와 꽁꽁 얼어붙은 땅이 야속했다.

만약 제가 경력 없는 초보자로서 월성 발굴 작업에 참여한다면, 작업반장님은 어떤 일을 맡기시겠습니까?

흙 나르는 것을 시키겠지요(웃음). 초보자는 현장에서 파낸 흙을 나르는 작업부터 시작하는데 경력에 따라 역할이 달라진다기보다 원하면 같은 작업을 계속하는 경우도 있고 상황에 따라 다릅니다. 흙 나르는 작업자는 5명당 1명 정도로 배정되니까 1개 조에 3~4명 정도 필요하지요. 그 외 호미질하는 작업반원이 다수입니다.

월성 작업반에 취직하려면 어떻게 해야 합니까?

젊은 사람들은 하지 않으려는 일인데 왜 그러시는지……(웃음). 보통 1년 계약직으로 결원이 생길 때마다 충원됩니다. 작업반원의 조건이라면 우선은 맡은 일을 해낼 만큼 건강해야겠지요. 2014년에 발굴 조사를 시작할 때는 1945년생을 기준으로 그보다 나이가 적어야 한다는 조건이 있었습니다. 역할이나 경력에 무관하게 임금은 동일하게 받습니다.

권세규 씨는 1945년생 해방둥이다. 기림사와 감은사지가 있는 경주시 양북면에서 태어났다. 성인이 되어 결혼한 후에는 아내와 함께 성건동에서 40여 년 동안 한식당을 운영했다. 그러다 1995년 위암 수술을 받았고, 투병을 위해 식당을 접고 쉬던 중 건강이 얼마간 회복되면서 일거리를 찾다가 사설 발굴 조사 작업에 참여하게 되었다(경주 시내는 개인 주택을 건축하거나 도로를 확장할 때 발굴 조사가 필수라 입찰을 통해 사설 업체에서 발굴 조사 작업을 진행한다). 6~7년 동안 사설 발굴 조사에 참여하다가 2014년 12월 월성 발굴 조사 작업이 시작되면서 경주문화재연구소에서 작업반원들을 모집한다는 이야기를 듣고 지원하게 되었다.

2014년 12월 월성 발굴 조사가 시작될 때부터 작업에 참여하셨다면 월성의 초기 모습을 기억하고 계시겠네요. 발굴 조사의 시작은 어땠습니까?

초기에는 잡풀이 무성한 언덕이었지요. 발굴 작업을 시작할 때는 일단 포클레인 같은 장비를 사용해서 가능한 지역을 파냅니다.

그 외에 유구에 탈이 날 수 있는 부분은 삽과 곡괭이, 그리고 호미와 꽃삽으로 작업합니다. 조원 15~16명이 모두 달라붙어 그 일을 하지요.

저의 경우 2014년 12월부터 2015년 말까지 왕궁 건물지에서 일했고 2016년 초부터 2017년 말까지 해자에서 작업했습니다. 그리고 2018년 초부터 지금까지 왕궁 건물지에서 일하고 있습니다. 초기 1년은 최태환 반장 밑에서 일했고, 해자 지역으로 이동할 때 작업반장을 맡게 되었습니다.

사설로 다른 지역 발굴에도 참여하셨다니 다른 곳에 비해 월성 지역의 특이점이 있나요?

다른 곳과 달리 좀 더 시간적인 투자를 많이 해서 발굴 조사를 진행하는 것 같습니다. 현장 관리도 철저하게 하는 편입니다. 여기는 사적史蹟이라 춥다고 해도 절대 현장에서 불을 피우지 못합니다. 또 연구자(학예사·연구원)들과 함께 일하니까 무작정 파고 진행할 수 없습니다. 중간에 뭔가 나오거나 의문점이 생기면 바로 작업을 멈추었다가 해결하고 진행하는 식입니다. 예를 들자면 성벽에서 유골이 나왔던 때처럼 특이하거나 귀중한 게 나오면 작업반원들은 일을 중단하고 물러서고 대신 연구원들이 작업을 합니다.

발굴 조사가 아주 조심스럽게 진행되는군요. 작업반장님이 직접 찾은 유물들은 어떤 게 있나요?

사실 왕궁 건물지는 유물이 편片으로 나오지 완품은 드뭅니다. 주로 기와의 막새나 귀면 같은 것들인데 완전한 건 없고 금가고 깨진 것이 대부분입니다. 건물지의 경우 뭔가 좋은 보물 같은 것을 찾는다기보다 삶터를 확인하는 차원에서 진행되는 것 같습니다.

그렇게 더딘 작업을 하루 종일 하다 보면 좀 지루하기도 하실 텐데…….
그래도 작업에 어떤 재미를 느끼는 분들도 있나요?

물론 하루 종일 성과 없이 흙만 팔 수도 있습니다. 앉은 방석을 깔고 조금씩 움직이면서 땅을 팝니다. 가끔은 지루해서 옆 사람과 잡담하기도 하지만 대체로 숙연한 분위기에서 진지하게 작업을 진행합니다.

뭘 찾는다고 보상이 있는 건 아니지만 그래도 뭔가 조금이라도 찾을까 싶어 눈에 불을 켜고 일하지요. 재미까지는 모르겠지만 작업반원 중에는 농사를 지으면서 부업이자 취미로 참여하는 사람들도 있습니다.

천년 전 왕성이었던 월성이 어떤 모습이었을지 상상해 보셨나요? 상상해 보셨다면 어떤 모습이었을 것 같나요?

잘 모르겠습니다. 그래도 왕을 비롯해 여러 사람들이 살고 있었던 곳이었으니 대단한 건물들이 가득하지 않았을까요?

문화재 발굴 작업의 현장에서 일하며 느끼는 감정은 어떠십니까? 자부심이나 사명감 같은 것이 있으신지요?

저 역시 경주 사람입니다. 물론 밥벌이로 하는 일이지만 내가 태어나 살고 있는 땅에서 선조들의 흔적과 역사를 찾는다는 자부심을 갖고 있습니다.

(2019년 3월)

3장

신라, 무엇을 꿈꾸었던가
— 월성 밖의 이야기

망자의 집을 찾아서

왕릉, 월성의 주인들이 묻힌 곳

폐허의 온기

처음에는 날씨와 계절 탓을 했다. 월성과 경주 곳곳을 헤매며 느 낀 쓸쓸함이랄까 공허함이 한겨울의 회색 하늘과 찬 공기 때문인 줄 만 알았다. 그런데 희뿌옇게 번져가는 입김과 함께 퍼뜩 깨달았다. 유적지에서 느껴지는 공허함은 피와 살을 지닌 사람의 온기가 없기 때문이다. 삶이 불공평했을지라도 죽음은 만인에게 평등할지니, 왕 후장상부터 필부필부까지 모두가 시간을 따라 사라져버렸다.

죽음의 최후 단계는 해골화skeletonization다. 살이 썩고 뼈만 드러 나는 것이다. 송장이 완전히 해골이 되기까지 온대 기후에서는 대략 3주에서 수 년, 열대 기후에서는 거의 몇 주 내, 극지방이나 툰드라에서는 수년 이상 걸리거나 아예 미라 상태로 보존될 수 있다고 한다. 특별한 상황을 제외하고는 어쨌든 살아 있는 모두가 죽으면 썩어 해골이 된다. 해골 자체로는 성별이나 나이를 분별하기 쉽지 않다. 그러니 그가 숨이 붙어 있을 때 어떤 삶을 살며 기뻐하고 슬퍼하고 분노하고 즐거워했는지는 도무지 알아낼 방도가 없다.

남은 것은 약간의 기록, 그리고 그 행간을 파고드는 상상력이 전부다. 월성은 왕성이다. 그러니 월성의 주인은 왕 그리고 왕족들이다. 아직은 텅 빈 언덕, 발굴의 현장인 월성에서 한때 살았던 '집주인'들을 찾아 발길을 성 밖으로 돌려보기로 했다. 폐허에 조금이나마 온기를 불어넣을 방법은 그들의 삶 그리고 죽음을 기억하는 것뿐일지니.

제일 먼저 가볼 곳은 그들이 죽어 묻힌 망자의 집, 왕릉이다. 56대 신라 왕 가운데 경기도 연천에 묻힌 경순왕을 제외하면 55기의 왕릉은 경주 지역에 조영되었을 것으로 본다. 현재 확인되거나 추정되는 무덤이 36기, 나머지 19기는 알려지지 않은 상태라고 한다.

그런데 알다가도 모를 일은 조선 전기까지 전승된 신라 왕릉이 11기에 불과했다는 사실이다. 원래 11기뿐이었다가 조선 후기 족보 간행과 조상 숭배 사상이 확대되면서 뒤늦게 늘어난 것이다.

1730년 경주부윤 김시형은 김씨 문중과 박씨 문중 사람들을 불러모아 '대타협'을 시도한다. 명확히 알려지지 않은 능의 주인을 정하자는 것이다. 김씨와 박씨가 토론을 했는지 혈투를 벌였는지 제비뽑기나 가위바위보를 했는지는 알 수 없지만, 그 결과 남산 동쪽에 있는 것들은 김씨 왕릉이고 서쪽의 것들은 박씨 왕릉으로 결정했다는 게다. 이때 17기의 주인공이 새로 정해지고 이후 8기가 추가되어 오늘날에 이르렀으니…… 무덤 속에 계신 분이 박차고 일어나 해골 턱뼈를 덜그럭거리며 박씨인지 김씨인지 다른 아무개인지 자기소개를 하기 전까지 이 야단법석의 내막은 알다가도 모를 일이다.

"다 파보면 안 됩니까?"

경주를 이쪽 끝에서 저쪽 끝까지 오락가락하는 동안 일부러 찾지 않아도 숱한 왕릉 혹은 왕릉으로 추정되는 무덤들과 마주쳤다. 삼릉, 내물왕릉, 원성왕릉, 신문왕릉, 선덕여왕릉, 태종 무열왕릉, 문성왕릉, 헌안왕릉, 진지왕릉, 진흥왕릉, 법흥왕릉, 문무대왕릉, 진평왕릉 등등.

하지만 왕릉에서도 왕을 만났다고 말하기는 어렵다. 앞서 말한 대로 신라의 왕릉 중 피장자가 확실한 것은 태종 무열왕릉과 흥덕왕릉 2기뿐이고, 이러저러한 근거로 미루어 학계에서 인정하는 것은 선덕여왕릉 등 5기에 불과하기 때문이다.

"다 파보면 안 됩니까? 다 파서 확인해 보면 될 것 아닙니까?"

경주남산연구소에서 진행하는 유적 답사 프로그램에 참가했을 때였다. 동서로 나란한 '삼릉' 앞에서 누군가 해설자에게 따지듯 물었다(그 누군가는 원래의 신청자가 아니고 개인적으로 남산을 오르다가 우리 일행에 끼어 귀동냥을 하던 차였다). 아달라이사금, 신덕왕, 경명왕 등 박씨 왕 3인의 능으로 전하고는 있지만 앞서 말한 바대로 김씨와 박씨 후손 간 '대타협'의 결과이니 확신할 수는 없다는 해설을 들은 직후였다.

경주에서 그 같은 '거친 열정'을 만나는 건 크게 어렵지 않은 일이다. 모르는 게 너무 많으니 알고 싶은 것도 당연하다. 하지만 집요하고 끈질기게 '다 파보자'고 주장하는 사람에게 인내심 많은 남산 해설자가 참다 못해 한마디 통바리를 던졌다.

"다 파봐서 뭐 합니까?"

쪽샘 유적 44호분 발굴관에서 만난 신라 문화원 해설사도 비슷하게 말했다. 다 파봐야 알 수 있는 것이 없다고. 1921년 노서동 고분군에서 금관이 나온 이후 지금까지 모두 6개의 신라 금관이 발굴되었다. 그런데 그중 주인을 명확하게 알 수 있는 건 단 하나도 없다. 100년에 걸친 연구로도 주인 하나 제대로 밝히지 못했는데 다 파서 또 무엇을 얻어 무엇을 밝히겠는가?

언젠가 내 무덤을 만들어줄 아들에게 속살거린다.

"내가 무덤의 주인이라면, 목적이 뭐든 누군가 내 무덤을 파헤친다는 건 정말 끔찍할 거야!"

무덤은 망자의 집이다. 주인의 허락 없이 무덤을 열고 저세상에서 쓰리라 했던 껴묻거리까지 꺼낸다면 주거 침입죄에 절도죄를 물을 만하다. 후손이 벼슬이 아니고 시간이 면죄부가 아니다. 할 수 있는 일과 할 수 없는 일, 해야 할 일과 하지 말아야 할 일이 뒤엉킨다. 대

천마총이 있는 대릉원 전경. '월성의 주인들'인 신라의 왕들이 묻힌 곳이다.

체로 갈피를 잡지 못해 가리산지리산하는 일은 바람직하지 못한 것으로 취급되지만 이런 경우엔 좀 더 오래 서성이며 헤매는 것도 나쁘지 않을 듯하다. 숭배까지는 아닐지언정 망자에게도 예의는 반드시 필요하다.

월성이 실질적인 왕성으로 기능한 것이 6세기 초 지증왕 때부터라고 학계에서 추정하는바, 56명의 왕 중에서 월성의 주인으로 살았을 몇 분을 만나보기로 했다.

대릉원의 천마총은 1973년 발굴해 1976년부터 무덤 내부를 공개해 왔는데 2016년 40여 년 만에 재정비해 2018년 7월 다시 개방했다.

무덤 안을 개방하는 경우는 간혹 있다. 나도 몇 번 돌아볼 기회가 있었는데, 모스크바의 레닌 묘는 줄이 하도 길어서 포기했고 하노이의 호치민 묘는 줄을 서서 들어갔다. 이른바 마우솔레움mausoleum, 장대한 묘에 안치된 생전에 유명했던 사람의 방부 처리된 시신은 내 눈에 영웅이라기보다 불면증 환자처럼 보였다. 생전의 고단한 삶으로도 모자라 사후까지 잠들지 못하다니, 죽은 자의 모습을 보고픈 산자들의 마음을 살아서도 잘 모르겠다.

리모델링한 천마총은 처음이다. 서늘하고 깊은 집을 죄송스러운 마음으로 가만히 방문한다. 천마총에는 미라가 없고 육신이 걸쳤던 관모와 허리띠 등의 장식 모형만 남아 있다. 그 주인은 소지마립간 또는 지증왕으로 추정된다.

만약 지증왕이라면 『삼국유사』의 적나라한 이야기는 아무래도 과장인 듯하다. 1자 5치(약 45센티미터)에 이르는 음경을 소유한 기골이 장대한 자에게 동서 길이 2.2미터, 남북 너비 80센티미터의 목관은 너무 좁고 짧을 테다. 지증왕은 자신의 '사이즈'에 맞는 배필을 구할 수 없어 전국에 사신을 보냈는데, 모량부에 이르렀을 때 사신의 눈에 개 두 마리가 크기가 북만 한 커다란 똥 한 덩어리를 양쪽에서 물고 다투는 것이 들어왔다. 동네 사람들에게 물어 똥의 주인을 찾으니 키가 7척 5촌(약 225센티미터)에 이르는 장대한 처녀 연제가 나타나 마땅히 왕후로 간택되었도다!

승려 일연이 짓궂어서 비현실적인 '사이즈'에 집착한 것이 아니다. 지증왕의 음경은 실물이라기보다 강력한 왕권과 생산력의 상징이다.

국보 천마도다래. '경주 천마총 장니 천마도'라 불리는데, 말의 안장 양쪽에 달아 늘어뜨리는 장니(다래)에 그려졌다.

'왕'이라는 칭호와 '신라'라는 국호 지정, 우경 도입과 순장 금지, 지방 제도 정비와 우산국 정벌 등등……. 지증왕 시절 신라는 가장 많이 변화하고 비약적으로 발전했다. 학계에서는 '천마'가 말인지 기린인지 논쟁이 치열하지만, 그 상서로운 동물을 잡아타고 훌쩍 도약하고픈 왕의 마음만은 고스란하다.

　지증왕의 아들인 법흥왕의 무덤은 경주 시내를 벗어나 있다. 신경 주역으로 가는 길에 찾은 법흥왕릉은 소박하고 외로운 무덤이다. 주변은 논밭이고 부러 찾아오기엔 좀 썰렁하다. 그러나 법흥왕은 신라 역사를 말할 때 빼놓을 수 없는 인물이다. 성품이 너그럽고 후덕해

자비의 종교인 불교를 공인한 한편 율령을 반포하고 금관가야를 병합했다.

『삼국사기』에 의하면 "애공사 북쪽 봉우리"에 조영했다는 법흥왕릉이 중요한 점은, 이전까지 월성의 북쪽 평지에 조영했던 왕릉을 서천 건너편의 산록으로 이동시킨 것이다. 법흥왕은 죽어서도 일하셨다. 법흥왕릉의 위치는 계획적인 고대 도시를 건설하려는 신라의 움직임을 반영한다.

진흥왕릉과 진지왕릉으로 알려진 무덤들은 문성왕릉 그리고 헌안왕릉과 함께 서악동에 몰려 있다. 스산한 날씨 탓일까, 찾는 이 없는 무덤 앞에 서니 쓸쓸함을 넘어 얼마간 참담하기까지 했다. 전날 보았던 이상한 풍경이 인적 없는 무덤 위에 겹쳐 아른거렸기 때문이다. 법흥왕릉에 갔다가 '철덕(철도 덕후)'이기도 한 아들이 영천의 간이역을 보자고 졸라 시계市界를 넘었다. 도중에 우연히 야단법석한 절이 눈에 띄어 들렀는데 사찰이라기보다 장지葬地였다. 그곳을 장식한 수십만 개의 번쩍거리는 불상을 보고 나니 마른 잔디로 덮인 봉분뿐인 진흥왕릉과 진지왕릉이 더 초라하게 느껴졌나 보다.

하지만 나에게는 이 무덤들이 특별할 수밖에 없으니, 무덤의 주인들이 졸작『미실』의 중요한 등장인물이기 때문이다. 정복 군주로 살며 전륜성왕을 꿈꾸었던 진흥왕과 왕위를 빼앗기고 '살아 있는 귀신'으로 유폐되었던 진지왕이 과연 이 작고 둥근 집에 갇힌 것인지, 삶과 죽음의 간극이란 너무도 아득하여 막막하다.

선덕여왕릉은 사천왕사지에서 낭산을 따라 올라 있는데 기록과

부드러운 카리스마로 새로운 역사를 썼던 선덕여왕의 묘.

위치가 일치하는 왕릉 중 하나다. 선덕여왕은 드라마의 유명세보다 더 유명해져야 마땅한 왕이다. 삼국 시대 다른 나라에서 찾아볼 수 없는 여왕의 존재 자체도 그러하려니와 끝없는 도전과 저항에 '부드 러운 카리스마'로 맞선 선덕여왕의 지혜가 남다르기 때문이다. 중요 도에 비해 무덤이 초라한 것을, 법흥왕 때부터 소박해진 왕릉들을 통틀어 다르게 생각해 본다. 거대한 고분으로 권위를 과시하는 대신 국고 낭비를 막고 애민愛民을 실천한 게다. 나라나 사람이나 자존감 이 높고 자신감이 충만하면 스스로를 낮추는 데 두려움이 없기 마 련이니.

태종 무열왕릉은 경주 고속버스 터미널에서 서천교를 건너면 금세 나타난다. 시내와 가깝고 주인이 분명한 두 왕릉 중 하나라 조성 사업이 한창이다. 무열왕릉 뒤로 줄지은 고분군은 김춘추의 조상들로 추측되는데 어섯눈으로 보기에도 왕을 배출할 만한 명당이다. 햇빛이 잘 들고 바람이 순하게 통하며 넓고 높지만 휑하지 않다. 땅의 기운만으로 산 사람의 마음을 편하게 해주는 걸 보면 죽은 자들 또한 평안하리라.

내가 어렸을 때 아버지는 우리 집안의 내력을 가르치며 태종 무열왕 김춘추부터 이야기했는데, 명주군왕 김주원이 무열왕의 6세손이기 때문이다. 김춘추는 최초의 진골 왕이요 삼한 통합의 영웅이지만 민족주의 사관을 신봉하는 사람들에게 외세를 끌어들인 배신자(?)로 비판받곤 한다. 하지만 '민족'이란 개념 자체가 20세기 이후 등장했다는 사실을 차치하고도 현재의 잣대로 과거를 재단하는 것은 어리석다.

김춘추에게는 당나라의 원조를 받아서라도 지긋지긋한 쟁투를 끝내야 할 절박감이 있었다. 642년 음력 8월 지금의 경남 합천에 있던 대야성이 함락된다. 대야성주 김품석은 김춘추의 딸 고타소의 남편이었다. 성의 함락과 함께 김춘추의 딸과 사위는 죽어 유골이 백제의 감옥에 묻혔고 신라 백성 1,000명이 포로로 끌려갔다. 이때 김춘추가 받은 충격이 『삼국사기』에 생생하게 기록되어 있다.

춘추는 딸의 죽음을 듣고는 하루 종일 기둥에 기대어 서서 눈도 깜박이지 않았고, 사람이나 물건이 자기 앞을 지나가도 알아보지 못할 지경이었다.

　세상의 빛이 모두 꺼져버린 눈, 김춘추의 텅 빈 눈을 상상한다. 개인의 역사와 거대 역사가 만나는 지점에는 대저 슬픔이 있다. 분노가 변화를 일으키고 고통이 새로운 꿈을 꾸게 한다. 그때의 사람들과 마음들은 사라졌지만 그들이 살았던 집은 이제 조금씩 모습을 드러내고 있다.

　흙으로 돌아가버린 월성의 주인들, 그들의 영혼은 천오백 년을 건너뛰어 새롭게 발굴되는 생전의 집을 어떤 눈으로 바라보고 있을까?

믿음의 길, 불국사에서 석굴암까지

월성의 주인들이 꿈꾼 세상

i

불국토를 꿈꾸었던 신라

나는 '믿는' 사람이 아니라서 '믿음'의 경로를 잘 모른다. 하지만 믿음이야말로 인간의 고유한 마음이며, 그 마음이 지극해지고 신실해질 때 인간의 한계를 넘어서는 신비를 발휘한다는 것은 안다.

지금은 탑과 당간지주, 주춧돌과 장대석 등의 치석재로만 남아 있지만 신라 시대 월성 주변에는 황룡사를 비롯해 분황사, 미탄사 등 사찰들이 하고많았다. 법흥왕 14년(527) 갓 스무 살을 넘긴 청년 이차돈이 자신의 몸을 던져 서라벌에 꽃비를 뿌린 지 17년이 지나자 "(서라벌에) 절과 절들은 별처럼 벌여 있고, 탑과 탑들은 기러기 행렬인 양 늘어섰다."(『삼국유사』)

월성의 주인들은 꿈꾸었다. 신라가 불국토佛國土가 되기를, 그들이 전륜성왕으로 남기를. 부처님의 나라, 부처님의 가르침이 넘치는 땅이 불국토다. 전륜성왕은 통치의 수레바퀴를 굴려 세계를 통일하고 지배하는 이상적인 왕이다. 신라의 왕들은 세속의 전륜성왕으로 자신의 나라를 불국토로 만들고자 하였다. 무력이 아닌 정의에 의해서만 천하를 지배하기에 괴로움이 없으며 지극히 안락하고 자유로운 세상을.

종교적인 의미만은 아니었다. 폐쇄적인 씨족 사회였던 신라를 개방하고 개혁하기 위해 새로운 믿음이 필요했다. 사회를 통합하는 통치 이념으로도 긴요했다.

하지만 사람을 강제로 울릴 수는 있어도 강제로 웃기기는 어렵다. 믿음은 쥐어짜는 눈물보다 터지는 웃음에 가까운 것이다. 불교가 정착하기까지는 이차돈의 '순교'가 필요할 만큼 토착 신앙의 저항이 컸다. 법흥왕이 불교를 공인한 뒤 최초로 세운 사찰인 흥륜사의 절터가 굳이 신라인들이 신성시하던 천경림天鏡林이었던 까닭도 종교를 넘어선 정치 투쟁의 과정이었다.

신라가 곧 불국토라는 불국토 사상의 선봉은 선덕여왕 12년(643) 당나라에서 귀국해 황룡사 9층 목탑을 세운 자장으로 일컬어진다. 자장은 신라의 원시 신앙인 오악 숭배를 오대산 신앙으로 도입해 신라인들에게 자부심과 긍지의 믿음을 심었다. 이후 원효와 의상을 거치며 불국토 사상은 이상이 아닌 현실로 신라인에게 뿌리내렸고, 마침내 부처님 나라를 지켜야 한다는 호국 사상으로 발전했다.

아무래도 마땅찮다. 불신자不信者의 손으로 쓰면 건조한 역사적 사실의 나열일 뿐이다. 1973년에 관광지 개발 사업의 일환으로 포장된 도로를 따라 불국사 주차장에서 석굴암 주차장으로 이동하는 방식으로는 그 절박하고 간절한 마음을 헤아릴 수 없다. 월성의 주인들이 드나들던 사찰인 불국사에서 왕실의 신전과 같던 석굴암까지 오르는 데는 맨몸에 두 발이어야 마땅하다. 땀을 흘리며 허위허위 걸어 올라야 비로소 고故 김수환 추기경이 생전에 석굴암을 관람한 후 밝힌 소감처럼 "내 안에도 부처님이 계시구나!"고 말할 수 있지 않을까?

석굴암 오르는 길

"아, 정말 아름답다!"

아들아이가 불국사의 석가탑과 다보탑을 보며 환호한다. 대여섯 살 때쯤 가족 여행을 와서 전 국민의 포토존인 청운교 백운교 앞에서 찍은 사진이 있건만 무릎 아래 기억 따위가 남아 있을 리 없다. 연신 감탄을 터뜨리며 사진을 찍어대는 아들 곁에서 신라의 대표 효자 김대성의 마음을 생각한다. 불교에서 부모와 자식은 8천 겁의 인연이라 했던가? 『삼국유사』의 설화에 의하면 불국사는 그가 현생의 부모를 위해, 석굴암(석불사)은 전생의 부모를 위해 지은 절이다.

김대성은 『삼국사기』에 기록된, 경덕왕 때 국왕의 행정적인 대변

설경 속의 불국사 석가탑과 다보탑. 각각 『묘법연화경』을 설하고 있는 석가여래와 다보여래를 상징한다.

자인 중시中侍로 임명되었던 김대정金大正과 동일 인물이다. 한편 절의 기록에는 불국사를 처음 창건한 김대성이 공사 중 죽자 나라에서 완성해 끝마쳤다고 하고, 조선 시대 「불국사고금창기佛國寺古今創記」에는 이차돈이 순교한 이듬해(528)에 법흥왕의 어머니 영제 부인이 절을 창건하고 비구니가 되었다고 한다.

기록이 상치되고 연대가 혼동된들 어쩌랴! 애당초 전생과 윤회를 비롯한 숱한 신비와 이적을 합리적으로 설명하기는 불가능하다. 그저 신라인들의 신비를 믿고 싶은 마음과 이적을 꿈꾸는 열망을 되새기면 그만이다.

불국사 정문 매표소 옆으로 길이 하나 있다. '석굴암 가는 길' '불국사 길' '석굴암 길' 등 다양한 이름으로 불리는 2.2킬로미터에 이르는 산길이다. 이 길을 오르려고 굳이 무거운 등산화를 챙겨왔다. 물한 병과 사탕 몇 개도 준비했다.

"얼마나 걸릴까?"

"산길에서 2킬로미터가 한 시간이니까, 그 정도 걸리겠는데요?"

아들이 등산화 끈을 힘껏 졸라맨다. 우리 모자는 백두대간 남한 구간 632킬로미터를 함께 종주한 동료이자 전우다. 그때 질풍노도의 중2였던 아들은 예비역 복학생이 되었고 마흔 고비였던 나는 지천명의 시기를 넘어섰다. 그럼에도 우리가 함께했던 대장정의 기억은 산을 오를 때마다 되살아난다. 문제는 아들이 오르막 내리막에서 힘에 부쳐 쩔쩔 매는 나를 그때의 쌩쌩한 젊은 엄마로 오해하는 것이다.

"이 길은 너무 빨리 가면 안 돼. 사방을 살피고 하늘도 보며 천천히 가야 해."

입구에서 1킬로 남짓까지는 경사가 거의 느껴지지 않을 만큼 평탄하다. 차량 출입은 금지되어 있지만 자동차도 너끈히 다닐 정도로 널찍하다. 길가의 나무들도 잘 다듬어져 있는데 겨울이라 마른 가지가 앙상하지만 안내판을 보니 불국사 청년회에서 심어 가꾼 단풍나무다. 가을에 오면 황홀하도록 아름답겠다. 봄이면 동자꽃, 은방울꽃, 물봉선화 등이 피고 가을이면 작살나무, 범의부채, 누리장나무 등이 열매 맺는다고 한다.

기도하는 마음으로 오르고 걷다

이 길이 월성의 주인들이 걷던 바로 그 길인지는 알 수 없다. 하지만 그들이 불국사 주차장에서 석굴암 주차장까지 순간 이동을 하지 않았음은 분명하다.

"석굴암에 닿는 길이 찻길밖에 없습니까?"

1992년 한국을 방문한 영국의 찰스 왕세자는 석굴암을 관람한 후 안내자에게 물었다고 한다. 그가 깨달음을 얻기 위해 고행을 택했던 부처의 내력을 알고 있었는지는 확실치 않다. 하지만 300여 개가 넘는 화강암을 산꼭대기까지 운반해 쌓고 다듬어 장엄한 석굴 사원을 지은 신라인들의 믿음 앞에 오체투지까지는 아니더라도 몸을 낮춘 산행으로 예의를 표하고 싶었나 보다. 숲길이 있다는 답을 얻어낸 찰스 왕세자는 이후 일정을 취소하고 불국사와 석굴암을 잇는 길을 걸어 내려왔다고 한다. 때마침 토함산 단풍이 한창인 11월이었다니 먼 나라 왕세자의 걸음걸음도 울긋불긋 아름다웠을 것이다.

1995년 석굴암과 불국사는 유네스코 세계 유산에 등재되었고 불국사에서 석굴암까지 도보로 이동하는 관람객과 승용차로 이동하는 관람객의 동선이 분리 정비되었다. 그럼에도 여전히 쉽고 빠르게 눈도장을 찍고 돌아서는 관광이 선호되는 듯, 우리가 불국사-석굴암-불국사를 왕복하는 동안 산길에서 마주친 사람은 그다지 많지 않다.

재미있는 것은 경주 현지인으로 보이는 등산객들이 아니라면 어떻게 알고 왔는지 신기한 서양인 여행자가 대부분이라는 사실이다. 때로 그들이 보는 것을 우리가 보지 못한다. 겉보기에는 멀쩡한 눈을 가졌지만 앞을 보지 못하는 청맹과니처럼 익숙함에 속아 우리 곁의 보물을 놓치고 있는지도.

"좀 천천히 가자! 엄마 힘들다."

절반쯤 지나고 나니 갑자기 경사가 가팔라진다. 토함산은 암산巖山이기는 하지만 해발 745미터로 그다지 높고 험한 편은 아니다. 그런데 오랜만에 산행을 해서인지 오르막이 벅차다. 엄마의 체력 저하를 엄살이라 여기는 아들은 처음에 좀 기다려주다가 이내 성큼성큼 앞서 나간다. 전생과 이생의 부모를 모두 섬긴 김대성의 효심을 녀석에게 기대하기는 어렵다. 현대의 부모는 자력갱생해야 한다.

"와! 여기 전망이 정말 좋아요!"

아들의 탄성에 고개를 돌려보니 발아래 경주 평야가 진진하게 펼쳐져 있다. 석탈해는 토함산 정상에서 호공의 집이 있던 월성 부지를 발견했다는데, 아무리 산 정상에 올라도 월성이 보일 정도는 아닐 것 같다.

체험한바 평지 걷기와 산행이 다른 점은, 평지를 걸으면 생각이 돋아나고 산을 타면 생각이 지워진다는 것이다. 산행은 운동이라기보다 명상이다. 게다가 토함산은 오악 가운데 동악東嶽이라 하여 중사中祀를 거행하며 호국의 진산으로 신성시했던 산이다.

그러니 신라인에게 토함산 산행은 기도였을 것이다. 월성의 주인들은 불국사에서 석굴암까지 오르는 짬짬이 다리쉼을 하며 그들의

지극한 신비와 신성, 석굴암 본존불. 불국토를 꿈꾼 신라인의 간절함이 느껴진다.

영지와 백성의 삶터를 굽어보았을 것이다. 기도는 자연스럽게 일신의 복록을 비는 것을 뛰어넘어 나라의 태평과 안녕으로 번졌으리라. 사찰에서 신전까지, 이 길은 바로 '믿음의 길'인 것이다.

길 끝에 석굴암 주차장이 있다. 매표소 앞에서 시간을 확인하니 딱 45분 걸렸다. 신라인의 마음을 곱씹으며 걷기에 무리하지 않은 일정이다.

석굴암은 언제 보아도 신비롭고 아름답다. 본존불 자체를 비롯해 광배와 백호와 주변에 둘러선 십대 제자들까지, 인간이 만든 예술품에 '완벽하다'는 말이 쓰일 수 있다면 석굴암이 그러할 것이다. 그토록 잘생기고 음전한 부처님은 싯다르타가 태어난 네팔에서도, 가는 곳마다 사원과 스투파(탑)가 널려 있던 인도에서도, 일본이나 한국의 다른 어떤 사찰에서도 만나지 못했다. 아름다운 것이 주는 경외감 앞에 절로 머리가 수그러진다. 아들과 손을 모으고 삼배를 바친다.

이전의 잘못된 복원으로 결로와 이끼가 심각해지면서 결국에는 완전 밀폐되어 버렸지만 본래의 석굴암은 석굴 안으로 들어가 본존불 주위를 한 바퀴 돌며 참배하는 방식이었다. 일 년에 딱 하루 부처님 오신 날에는 신자들에게 본존불 주변을 한 바퀴 도는 방식의 참배가 허용된다니 아쉽고 안타깝다.

석굴암에서 불국사로 돌아오는 버스가 매시 정각에 출발한다는데 시간을 맞추지 못해 놓쳤다. 무릎에는 좋지 않겠지만 내려오는데는 올라가는 시간의 절반 정도밖에 걸리지 않는다.

"참 좋다!"

"참 좋네!"

산 속의 공기는 차갑고 무릎은 시큰하지만 마음만큼은 부듯하다. 지금 우리에게 그러하듯 신라 사람들의 삶 또한 마냥 평화롭고 행복했을 리 없다. 긴장과 갈등, 고통과 분노, 절망과 패배는 사람으로 태어났기에 겪는 업보일지 모른다. 그토록 뜨거운 불의 집, 화택火宅에 살며 불국토가 현현하길 간절히 빌었던 1,200여 년 전의 마음이 믿음을 모르는 어리석은 내게마저 아련히 느껴진다.

황룡사지, 폐허에 서다

화려했던 왕실의 위엄과 자존심

그토록 완벽한 폐허

경주에 다녀온 뒤 만나는 사람마다 붙들고 말했다.

"경주에 갈 일이 있다면, 황룡사지는 꼭 가보세요!"

겨울이고 저물녘이라 더 그랬을 것이다. 봄이나 여름이나 가을이고, 새벽이나 한낮이라도 나름의 정취는 고스란했을 테다. 예술품에 '완벽하다'는 말이 쓰일 수 있다면 석굴암에 그러할 거라 했는데, 폐허에 '완벽하다'는 말을 쓸 수 있다면 황룡사지에 그럴 것이다.

폐허가 완벽하다니, 짐짓 형용 모순 같기도 하다. 모든 것이 파괴되고 황폐한 터, 그런데 그 아무것도 없음과 텅 비어 있음이 결함 없이 완전하다는 느낌을 준다. 나처럼 웬만한 풍광이나 경치에 눈도 꿈쩍 않는 시큰둥이 목석에게 이 정도의 감흥을 준다는 건 정말 쉽지 않은 일이다.

텅 비어 있는데 가득 찬 느낌이다. 아무것도 보이지 않는데 무언가를 보고 만 기분이다. 막막하면서 먹먹하다. 문득 가슴이 뻐개지듯 저려와 눈물이 왈칵 솟을 듯했다.

천년의 시간이 천년의 공간과 만난다. 세계와 인간의 명멸과 왕조와 문화의 흥망성쇠가 한꺼번에 물밀어든다. 온갖 호들갑스러운 표현을 총동원해도 그곳의 그 느낌은 붓과 혀로 다할 수 없다.

그냥, 가보시라. 황룡사지, 그토록 완벽한 폐허.

[진흥왕] 14년 봄 2월에 왕이 담당 관청에 명하여 월성의 동쪽에 새로운 궁궐을 짓게 하였는데, 황룡黃龍이 그곳에서 나타났다. 왕이 이상하게 여겨서 [계획을] 바꾸어 절로 만들고 이름을 황룡皇龍이라고 하였다.

_『삼국유사』

신라 제24대 진흥왕 즉위 14년 계유 2월 장차 궁궐을 용궁龍宮(신라의 궁궐 이름으로 추정)의 남쪽에 지으려 하는데 황룡黃龍이 그 땅에 나타나서 이에 고쳐서 절을 짓고 황룡사黃龍寺라고 하였다. 기축년(569)에 이르러 담을 두르고 17년 만에 바야흐로 완성하였다.

_『삼국유사』

처음부터 절을 지으려던 것은 아니었다. 월성이 좁았거나 다른 필요가 생겨 새 궁궐을 짓기로 결정했던 게다. 그런데 막상 궁궐을 짓기 위해 터를 닦으려던 차에 이상한 일이 일어났다. 문득 황룡이 나타나서 사람들을 놀라게 했던 것이다.

용은 상상의 동물이다. 몸은 뱀, 뿔은 사슴, 귀는 소 같고 비늘과 네 개의 발을 가진다. 용은 오방五方 오색五色의 다섯 형태로 나타난다. 동의 청룡靑龍, 남의 적룡赤龍, 서의 백룡白龍, 북의 흑룡黑龍, 그리고 중앙에 황룡黃龍이 있어 합하여 오룡五龍이다. 한국에서는 오룡 가운데 청룡이 가장 많이 그려지는데, 청룡은 봄을 관장하며 기우제의 상징물이기에 농경 사회에서 가장 인기 있는 용일 수밖에 없다.

그런데 어쩌다 황룡이 나타났을까? 왜 하필이면 청룡도 백룡도 흑룡도 적룡도 아닌 황룡일까? 오룡 가운데 황룡은 동서남북 어디에도 치우치지 않은 중앙을 의미한다. 왕조 시대의 중앙, 세상의 중심은 왕이다. 따라서 황룡은 임금, 군주에게만 사용되는 특권적인 용이다. 진흥왕이 짓고자 했던 신궁은 왕궁이니 황룡이 나타남직하다. 또한 불교의 수호신으로 등장하는 다양한 용들 가운데 석가모니는 황룡으로 상징하기에, 불교를 국교로 삼은 신라에서 황룡은 특히 신성시되었을 것이다.

계획도시 건설 시기에 대한 이견은 있지만 삼국 가운데 유일하게 천도가 없었던 신라는 황룡사를 지은 5세기 중후반부터 도성의 확장을 시도한다. 문제는 황룡이 나타나는 바람에 궁궐을 지을 자리에 절을 짓게 된 것이다. 신궁 건설 계획이 무산된 이유로는 용이 깊은 못이나 늪, 호수, 바다 등 물속에서 사는 동물이라는 데서 힌트를 얻을 수 있지 않을까 싶다. 황룡사지를 조사한 결과 일대의 저습지가 대대적으로 매립된 흔적이 확인되었다고 한다. 고층 아파트에 살면서도 수맥이 지나가네 마네 하는 터에 물이 고인 연못 위에 왕궁을 짓기는 어려웠을 것이다.

황룡사지의 규모는 8만여 평방미터에 달한다. 신궁을 만들기 위한 지반 매립 과정에서 문제가 생겼지만 빈터로 둘 수는 없었다. 월성의 주인들은 그 위에 신라 최대의 사찰, 국찰 황룡사를 짓는다. 13년 혹은 16년 동안 공사하여 완공하고 장육존상丈六尊像을 만들고 금당金堂과 9층 목탑을 조성한다.

장육존상은 말하자면 불상인데, 일반적으로 부처의 상을 만들 때는 사람의 키를 상징하는 8척의 배수, 즉 16척(약 5미터)의 크기로 만든다. 16척이 1장 6척이므로 장육상이라고 부르는데 황룡사의 장육존상은 인도의 아육왕(아소카왕)이 보낸 금과 철로 만들어졌다는 이야기가 『삼국유사』에 전한다. 석가모니 부처가 탄생한 서축西竺, 즉 인도의 왕이 축원하여 보낸 재료로 만든 불상이니 장육존상은 황룡사 9층탑과 진평왕의 천사옥대와 더불어 신라의 삼보三寶이면서 보물 중의 으뜸이 된다.

규모나 사격寺格에서 신라 제일의 사찰인 황룡사는 신라 왕실의 상징이기도 하다. 나라에 변괴가 있으면 황룡사의 장육존상이 눈물을 흘리고, 커다란 별이 황룡사와 월성 사이에 떨어지고, 큰 바람이 황룡사의 불전을 무너뜨리고, 벼락이 쳐 탑이 흔들린다. 『삼국사기』에

황룡사지 금당 장육존상 대석.

등장하는 황룡사는 단순한 사찰이 아니라 신라 그 자체다. 927년 3월 황룡사 탑이 흔들려 북쪽으로 기울자 후백제의 침공으로 경애왕이 죽고 신라의 마지막 왕인 경순왕이 견훤에 의해 즉위한다.

황룡사지 한 귀퉁이에 있는 황룡사역사문화관은 깨끗하고 아름다운 건물이다. 3천 원짜리 입장권을 내고 들어가자마자 안내원이 건네주는 안경을 끼고 영상관에 들어가 3D 영상부터 본다. 황룡사의 건립부터 화재로 소실되기까지의 과정을 내용으로 한 영상이다. 나름 정성을 들여 만들었는데 아무래도 비장미가 과한 느낌이다. 고려 때 몽골군이 황룡사를 공격해 불태우는 장면에서 승려들이 마치 소림사 무예승처럼 싸움을 벌이는데, 내 안에도 스며 있는 민족주의가 자극되어 순간 울컥하긴 했지만 실제 역사와는 다소 거리가 있어 보인다.

삼국 시대부터 승병의 역사가 있으니 무예를 하는 승려도 있었겠지만, 때는 신라 패망 이후의 고려 시대로 황룡사의 위상도 많이 퇴색했을 것이다. 게다가 상대는 다른 누구도 아닌 몽골군이다. 그들은 지배하지 않는다. 다만 약탈하고 유린하고 떠난다. 저항하는 자가 있으면 그 지역의 사람 전부를 죽여버린다. 전 세계를 휩쓴 몽골군의 용맹 혹은 야만은 그들이 지나간 자리를 전부 폐허로 만들 정도였다. 아마도 황룡사는 조용히, 빠르게, 완전히 사라졌을 것이다. 거짓말처럼.

영상관에서 나와 잘 꾸며진 목탑실과 역사실, 고건축실 등을 둘러본다. 전시물들은 황룡사 건립 당시의 모습을 재현하고 그간의 연구와 복원 계획까지를 일목요연하게 보여준다. 황룡사는 여러 면에서 대단한 절이었다. 황룡사 지붕을 장식했던 치미를 복원한 모형만 보아도 그 거대한 규모를 짐작할 수 있다.

거대한 목탑의 탄생 이유

황룡사 하면 가장 유명한 것이 9층 목탑인데 문화관 1층 전시장에 10분의 1로 축소 복원되어 있다. 이 모형의 열 배가 되는 목탑이

저 들판 한가운데 서 있었을 것을 생각하면 아득하다. 탑의 높이는 약 80미터, 아파트 30층에 가깝다. 1969년 서울 서소문동에 83미터의 한진 빌딩(KAL빌딩)이 세워지기 전까지 한국 역사상 최고 높이 건물이었다니 할 말 다했다.

이 탑이 월성에서 덩두렷이 보였을 것이다. 불교의 탑은 석가모니의 진신 사리를 봉안하기 위한 축조물로 예배의 대상이니 아무 때나 마음이 내키면 동쪽으로 몸을 돌려 기도할 수 있었을 것이다. 남산에서도 보였던 게 분명하다. 일명 부처 바위로 불리는 남산의 탑곡마애조상군에는 부처와 보살, 승려와 비천飛天과 사자 등과 더불어 황룡사 목탑으로 짐작되는 거대한 탑이 조각되어 있다.

그러니 서라벌 어디에서도 보였을 것이다. 새벽에 눈뜰 때부터 밤에 눈 감을 때까지 보이고, 서라벌 사람들이 길 떠났다 돌아올 때 식구보다 먼저 맞아주는 게 황룡사 목탑이었을 것이다. 황룡사에 9층 목탑을 세운 사람은 신라 그리고 삼한을 통틀어 첫 번째 여왕인 선덕여왕이다. 선덕여왕이 목탑을 세운 것은 종교와 예술을 떠나 사뭇 절박한 목적에서 비롯되었다. 『삼국유사』에서 일연은 고승 안홍이 편찬한 『동도성립기』를 인용해 말한다.

신라 제27대에 여왕이 왕이 되니 도道는 있으나 위엄이 없어 구한九韓이 침략하였다. 만약 용궁 남쪽 황룡사에 9층 탑을 세우면 곧 이웃 나라의 침입이 진압될 수 있다.

황룡사역사문화관 내에 있는 황룡사 9층 목탑 모형. 본래 크기의 10분의 1로 축소한 것이다.

자장이 중국에서 신인神人을 만나 들었다는 조언도 크게 다르지 않다.

지금 너희 나라는 여자가 왕이 되어 덕은 있으나 위엄은 없다. 그러므로 이웃 나라가 꾀하는 것이다. 마땅히 속히 본국으로 돌아가라. (…) 본국으로 귀국하여 절 안에 9층 탑을 조성하면 이웃 나라가 항복하고 구한九韓이 와서 조공하여 왕업이 영원히 평안할 것이다.

우뚝 솟은 탑은 남성의 상징이기도 하다. 그 하나가 없어 폄하되고 모욕당한 선덕여왕은 그보다 더 웅장한 탑으로 신라의 자존심을 지킨다. 선덕여왕의 결기에 찬 목소리가 들리는 듯하다.
"내가 가장 높은 것을 우뚝 세웠으니, 모두 우러러보라!"

폐허는 숭배하지 않는 것

화려했던 과거를 되짚을수록 현재의 폐허는 허무로 깊어진다. 신라 최대 사찰이자 최고 건축물이었던 황룡사는 1238년 몽골의 침입으로 탑과 전각이 모두 불탔다. 장육존상과 금당 벽에 그려졌다는 솔거의 〈노송도〉도 모두 녹아내렸다. 말 그대로 잿더미가 되었다.
색즉시공이요 공즉시색이라! 허공을 꽉 채워 있음과 없음의, 과거와 현재의, 의미와 무의미의 경계를 지운다. 역사 문화관을 나와 다시 황룡사지를 걷는다. 강당지, 금당지, 서금당지, 동금당지, 목탑지, 경루지, 종루지, 중문지. 건축물은 모두 사라지고 자리뿐이다. 거대한 초석들 위에 세워졌을 거대한 기둥은 온데간데없다. 사라진 영화, 사라진 신전 앞에서 머리를 조아릴 필요는 없다.

젊은 날 찾았던 이방의 유적지에서 문득 두 손을 모으는 내게 안내원이 말했다.

"폐허는 숭배하지 않는 것입니다."

황룡사와 9층 목탑을 복원하려는 시도는 꾸준히 있었다. 2035년까지 2,900억 원을 투자해 목탑을 복원하고 금당과 회랑과 승방 등 13개 동을 차례로 건립하겠다는 계획이 수립된 바 있고, 경주시는 2019년 주요 업무 계획에 1,200억 원이 소요되는 황룡사 9층 목탑 복원 계획을 포함시켰다.

하지만 "지구의 복원은 예외적인 상황에서만 정당화될 수 있다. 복원은 완전하고 상세한 기록에 근거할 때만 수용될 수 있으며, 절대 추측에 근거해서는 안 된다"고 규정한 유네스코의 '세계 유산 협약 이행을 위한 운영지침' 86조에 따라 황룡사 복원 계획은 무산될 가능성이 커졌다. 자세한 그림과 문헌이 없어 고증이 어려우니 애당초 복원이 불가능하다는 목소리도 높다.

황금빛으로 번쩍이는 9층 목탑을 세우면 황금을 좋아하는 사람들과 그것을 찍어 SNS로 자랑하고 싶은 사람들이 몰려들 것이다. 어쨌거나 관광객 유치에는 확실한 효과가 있을 것 같다. 하지만 폐허는, 그 완벽한 텅 빈 듯 가득함은 사라질 것이다. 눈에 보이지 않는 것을 마음으로 보는 심안心眼의 복원은 불가능할까?

몇 날 며칠 황룡사지 노래를 했더니 친구가 시를 지어 보내왔다.

너는
내가 폐허처럼 드러누울 때마다
황룡사지를 가보라 한다
절이 앉았던 곳
적록 단청이 색을 벗고 공즉시색 하는 곳
9층 목각의 목을 부러뜨리고
붕새는 어디로 날아갔을까
건너편 산자락에
끝이 찢어진 날개를 내려놓고
우리가 익힐 수 없는 비천이 우리를 에워싸는가

_함태숙, 「황룡사지를 청하다」 중에서

진정한 왕의 길, 영웅의 길

감은사지에서 대왕암까지

'경주에 가거든 이 문무왕의 유적을 찾으라'

"첫 번째는 황룡사지, 그다음은 감은사지! 꼭 가보세요!"

개인적으로 황룡사지에 이어 '강추'하는 명소가 감은사다. 그 두 군데만 보고 돌아와도 경주 여행은 만족스러우리라고 입에 침이 마르도록 추천한다.

그런데 황룡사지와 감은사지에서 느끼는 감흥은 조금 다르다. 황룡사지가 시詩적이라면 감은사지는 산문에 더 어울린다. 감은사지의 동과 서 삼층 석탑 앞에 섰을 때 파리의 오르세 미술관에서 고흐의 그림 〈오베르 교회〉를 보았을 때와 같은 감흥을 느꼈다. 그 푸른빛, 코발트블루의 어두운 하늘과 교회의 창은 어느 도록에서도 보지 못한 빛깔이었다. 초록과 노랑이 뒤엉켜 흐르는 듯한 길, 그것도 사진이나 인쇄물로 도저히 흉내 낼 수 없다. 미술관 문을 닫을 시간이 되어 경비원이 등을 떠밀 때까지 나는 〈오베르 교회〉 앞에서 떠날 수 없었다.

세상이 좋아져서 안방에 앉아 세계의 거의 모든 것을 볼 수 있다. 자기 발로 찾아가서도 볼 수 없는 것들까지 볼 수가 있다. 때로 영상이나 모사가 실제보다 세세하고 생생하다. 그러다 보니 눈이 높아진 건지 본디 그다지 대단한 게 없었던 건지 정작 실물 앞에 서면 시시하고 맹맹하기 십상이다.

그런데 〈오베르 교회〉가 그랬던 것처럼 감은사지 3층 석탑이 그랬다. 숨이 턱 막히고 한동안 말을 잃었다. 오직 내 발로 다가가 그 앞에 서야 한다. 천년 전과 다를 바 없을 바람과 햇살을 맞으며 목을 꺾고 쳐다봐야 한다. 눈부시다. 아무리 좋은 카메라로 사진을 찍어도 이처럼 압도적일 수는 없을 것이다. 균형감으로 아름다운 3층 탑 뒤로 감은사지가 자리한다. 어디에서도 볼 수 없는 특이한 구들 구조를 가진 금당 앞에 털끝이 쭈뼛 선다. 이것은 사람의 집과 길이 아니다. 신성한 용龍, 용이 된 왕을 위해 뚫어놓은 것이다.

경주시 문무대왕면(구 양북면) 용당리에 자리한 감은사지는 신라 문무왕이 창건하기 시작해 신문왕이 완성(682)한 감은사의 옛터다. 감은感恩이라는 이름대로 베풀어주신 은혜에 감사하기 위해 지은 절인데, 사私적으로는 아버지 문무왕에 대한 아들 신문왕의 감사랄 수 있고 공公적으로는 죽어서도 용이 되어 나라를 지키겠노라는 문무

감은사지와 3층 석탑. 3층 석탑의 절묘한 균형감은 실제 보아야 그 진가를 만끽할 수 있다.

대왕의 희생과 헌신에 대한 후대의 감사일 수 있을 테다.

이번에 월성과 신라 역사를 공부하면서 새롭게 '발견'한 인물이 문무왕과 신문왕이다. 그들은 격동기의 영웅이자 신라 중대中代(29대 태종 무열왕~36대 혜공왕, 8대 127년간)의 핵심 인물이다. 특히 문무왕의 일대기를 살폈을 때는 울컥 감정이 치밀었다. 영웅에 대한 존숭이라기보다 인간에 대한 연민, 그리고 요즘 식으로 표현해 '리스펙트'의 심정이었다.

문무왕 김법민은 김춘추와 김문희의 아들이다. 김춘추는 진골로 처음 왕위에 오른 태종 무열왕이고 김문희는 김유신의 둘째 여동생으로 언니에게서 '오줌 꿈'을 샀던 바로 그 여랑이다. 법민은 소년 시절부터 아버지와 외삼촌과 함께 통일 전쟁에 뛰어든다. 그의 평생은 치열한 전투 또 전투였다. 왕위에 오른 후로도 백제의 부흥 운동을 진압하고, 고구려와 전쟁을 벌였으며, 고구려가 무너진 뒤 대당 독립 전쟁을 벌여 한반도에 욕심을 드러내는 당나라를 물리쳤다.

더군다나 문무왕의 시기에 중국을 지배한 것은 피의 여제 측천무후였다. 황제가 되기 위해 자신의 아들까지 죽였던 측천무후의 공포 정치에 대응해 문무왕은 두뇌 게임으로 교묘한 외교전을 벌인다. 외교전의 기본 원리는 '밀당'이다. 틈이 보이면 교묘히 파고들어 밀 수 있는 데까지 밀었다가 상대가 더 이상 용인하지 않을 듯한 기세를 보이면 얼른 납작 엎드려 당긴다. 마키아벨리의 말처럼 "덫을 식별하기 위해 여우가, 늑대를 물리치기 위해 사자가" 되는 것이다.

그토록 고단한 일생을 보내고도 문무왕은 마지막까지 '상징'으로 남기로 한다. 죽어서도 동해의 용으로 불법佛法을 받들고 나라를 지키겠다며 수중 장례를 치른다. '대왕암'으로 불리는 문무왕릉의 구조는 감은사 법당의 구조와 유사할 것으로 짐작된다.

삼한 통합을 위한 통일 전쟁 시기부터 신라에는 지배층이 스스로 희생하는 기풍이 있었다. 당군을 축출하기 위한 전투에서 국토를 사수하기 위한 현령급 이상 지배층의 사망률은 상상을 초월할 정도였다고 한다. 높은 사회적 신분에 상응하는 도덕적 의무, 이른바 '노블레스 오블리주noblesse oblige'의 실천이다. 그것도 인간이 지닌 가장 귀하고 결정적인 재산, 목숨을 바쳐.

『삼국통일 어떻게 이루어졌나』(학연문화사, 2018)에서 저자 이도학은 그러한 기풍이야말로 고구려나 백제가 아닌 신라가 삼한 통합을 할 수 있었던 결정적인 힘이었음을 밝힌다.

신라가 통일할 수 있었던 요인을 몇 가지로 나누어 살펴본다. 첫째 소정방의 발언에 적혀 있듯이 신라는 강하게 결속되어 있었다. 신뢰로 맺어진 관계였다. 신라는 상대등 비담의 난을 진압한 후 국왕 중심의 일원적인 국가 체제를 구축했다. 국가라는 대의를 위한 희생을 시대의 권화로 여겼다. 지배층 전사단이 수범을 보였다. 이는 백제나 고구려의 지배층이 분열된 상황과는 비교된다. 고구려가 수 양제의 대군을 격퇴할 수 있었던 자산은 사회적 인화였다. 그러나 연개소문의 절대 권력 구축 이후 고구려 사회는 내부로부터 무너져 내렸다. 그나마 연개소문의 강고한 권력은 한시적이나마 국가를 지탱하게 한 요인이었다. 하지만 그의 사망이라는 절대 권력의 소멸은 마지막 결속력의 줄을 끊게 했다. 백제도 의자왕이 강력한 권력을 구축한 15년 이후부터 민심 이반이 가속되었다. 신라는 이러한 고구려나 백제와는 분명히 구분되었다.

문무왕의 일생은 피의 시대를 관통했다. 삶이 그토록 고단했을진대 죽음이라도 안락하길 바라는 마음이 왜 없었을까? 하지만 그는 희생의 운명을 순순히 받아들인다. 말마따나 죽을힘을 다해 살았기에 여한이 없다. 죽어 용이 되어 나라를 지키겠노라는 유언을 들은 승려 지의 법사가 되묻는다.

"용이란 축생보畜生報가 되는데 어찌합니까?"

문무왕이 대답한다.

"나는 세상의 영화를 싫어한 지 오랜 지라, 만약 나쁜 응보를 받아 축생이 된다면 짐의 뜻에 합당하다."

폐사지의 괴괴한 정적을 뚫고 바람이 분다. 다음 생의 미련마저 끊어버린 그가 잠시 몸을 뒤척여 비늘을 번쩍이는 듯, 햇볕이 쨍하다. 1940년에 미술 사학자 고유섭이 펴낸 『고려시보』에 실린 '경주 기행의 일절'을 다시금 떠올린다.

경주에 가거든 문무왕의 위적을 찾으라. 구경거리의 경주로 쏘다니지 말고 문무왕의 정신을 기려보아라. 태종 무열왕의 위업과 김유신의 훈공이 크지 않음이 아니나 이것은 문헌에서도 우리가 가질 수 있지만, 문무왕의 위대한 정신이야말로 경주의 위적에서 찾아야 할 것이니, 경주에 가거들랑 모름지기 이 문무왕의 유적을 찾으라.

만파식적, 사라진 피리 소리를 좇다

반짝이는 것들이 모두 보물은 아니다. 그러나 보물, 진정 드물고 귀한 가치를 지닌 보배로운 것은 기어이 반짝이게 마련이다. 세월의 먼지를 들쓰고 땅속 깊이 묻혀도 훼손되지 않는다. 훼손될 수 없다.

[신문]왕이 행차에서 돌아와 그 대나무로 피리를 만들어 월성의 천존고天尊庫에 간직하였다. 이 피리를 불면, 적병이 물러가고 병이 나으며, 가뭄에는 비가 오고 장마는 개며, 바람이 잦아들고 물결이 평온해졌다. 이를 만파식적萬波息笛으로 부르고 국보로 삼았다.

『삼국유사』「기이편」에는 신라의 보물을 보관한 월성의 보물 창고가 나온다. 이름하여 천존고, 하늘에서 내린 신물神物을 보관하는 곳이다. '백율사' 조에는 신문왕이 신적을 얻어 현금玄琴과 함께 내고內庫에 간직해 두었는데, 효소왕 때 부례랑이 도적들에게 붙잡혀가자 상서로운 구름이 천존고를 덮으면서 창고 안에 있던 거문고와 피리 두 보물이 없어졌다고 했다.

일단 천존고와 내고는 월성의 보물 창고로 같은 곳을 지칭하는 듯하다. 부례랑은 효소왕 시절 화랑의 우두머리인 국선國仙으로 낭도가 1,000명에 이르렀다는 인물이다. 그가 낭도들을 거느리고 출유했다가 북명北溟(원산만 부근)에서 말갈족으로 추정되는 도적들에게 부하 안상과 함께 납치되고 말았다.

국선은 나라의 보물과 동급이었던지 월성의 보물 창고에 있던 거문고와 피리도 동시에 사라지고 만다. 창고지기가 체포되고 1년의 세금을 현상금으로 내걸어 피리와 거문고를 찾는 소동을 벌였으나 부례랑은 좀처럼 돌아오지 못하다가, 그의 부모가 백율사에서 기도를 바친 끝에 보물과 함께 돌아온다. 그때 부례랑이 말하기를, 포로가 된 그의 앞에 용모가 단정한 스님이 홀연히 나타나 "고향 생각을 하느냐?"고 묻기에 "임금과 부모님을 그리워함을 어찌 다 말할 수 있겠습니까?"라고 답하니 해변으로 데려가 지니고 왔던 피리와 거문고를 꺼내었다. 피리를 두 쪽으로 나누어 부례랑과 안상이 각각 타게 하고 스님은 거문고를 타고 바다 위로 둥둥 떠서 돌아왔다 하였다.

이 사건 이후로 부례랑은 재상에 해당하는 대각간이 되었고, 만파식적은 다시금 기이한 보물로 추앙되어 만만파파식적이라는 이름을 얻는다(693).

이 피리가 100년 조금 못 미처 원성왕 때(786) 다시 등장한다. 아버지 김효양에게서 만파식적을 전해받은 원성왕이 보물을 빌려달라고 조르는 일본 왕의 요청을 물리치고 만파식적을 내황전內黃殿에 보관한다. 내황전이 월성에 있던 천존고와 내고와 같은 곳인지 새로운 보물창고인지는 알 수 없다. 어쩌다가 김효양이 대대로 만파식적을 물려받아 간직하고 있었는지도 확실치 않다.

『삼국유사』에는 여러 번 등장하는 보물이지만『삼국사기』에 만파식적은 딱 한 번 등장한다. 그것도 역사가 아닌「음악편」에 '만파식 설화에 대한 고기古記 기록'으로 짤막하게 등장한다.

'고기'에 이르기를, "신문왕 때 동해 가운데 홀연히 한 작은 산이 나타났는데, 형상이 거북 머리와 같았다. 그 위에 한 줄기의 대나무가 있어, 낮에는 갈라져 둘이 되고 밤에는 합하여 하나가 되었다. 왕이 사람을 시켜 베어다가 적笛을 만들어, 이름을 만파식이라고 하였다" 한다. 비록 이런 말이 있으나 괴이하여 믿을 수 없다.

유학자의 붓은 냉정하다. 괴이하여 믿을 수 없단다. 냉소로 입아귀를 비트는 김부식의 모습이 눈에 보이는 듯하다. 어느 편도 쉽게 들고 싶지 않다. 과연 역사는 이성과 감성, 냉정과 열정, 사실과 신비가 만나는 지점 어딘가에 있을 것이다.

아버지를 만나러 가는 길

문무왕과 그의 유훈을 받잡은 신문왕의 발자취를 좇아 '왕의 길'을 걷기로 했다. 아버지를 동해에 수장한 아들은 절을 짓고 누대를 쌓는다. 그리고 시시때때로 행차해 아버지를 추모하는데, 용이 바친 흑옥대를 얻고 만파식적을 만들 대나무를 구한 것도 이 길에서였다.

2012년 경주시가 함월산 국립공원 내에 개설한 길의 정식 명칭은 '신문왕 호국행차길'이다. 모차골 입구에서 기림사까지 약 5.9킬로미터에 이르는 길인데, 문제는 자동차를 가지고 갈 경우 돌아오는 차편이 없어 고스란히 왕복해야 한다는 것이다. 일단은 수렛재까지 가보려고 나섰는데 초입에서 100미터쯤 지난 후부터 여의치 않다. 지난 태풍의 후유인 듯 돌과 나무가 뒤엉켜 길을 지우고 있다. 수북이 쌓인 낙엽을 헤치고 걷자니 더욱 힘겹다. 모차(마차)골, 수렛재, 말구부리 등의 지명을 통해 신문왕이 수레를 타고 지났던 길임은 분명한데 지금은 사람이라도 일렬로 지나야 한다.

산행을 포기하고 돌아서 기림사를 향했다. 반대편의 형편은 낫지

대왕암이라고도 불리는 문무대왕릉의 일출. 죽어서도 나라를 지키고자 했던 문무대왕의 결기가 느껴지는 듯하다.

않을까 했던 건데 결과적으로 아주 잘한 선택이었다.

신문왕은 감은사에서 자고 기림사 서쪽 냇가에 이르러 수레를 멈추고 점심을 먹는다. 월성을 지키고 있던 태자(효소왕)가 말을 달려와서 신문왕이 가져온 흑옥대를 살펴보더니 "이 옥대의 여러 쪽들이 모두 진짜 용입니다"라고 했다. 이에 한쪽을 떼어 시냇물에 던지니 곧 용이 되어 하늘로 올라가고 그 땅은 못이 되었다. 그래서 그 못의 이름이 '용연龍淵'이다.

기림사는 단청 없는 대적광전을 보물로 품은 아름다운 절이다. 기림사 쪽에서 반대로 호국행차길을 오르니 오래지 않아 용연이 나타난다. 포기하고 지나갔으면 후회할 뻔했다. 한겨울에도 시원한 물줄기를 쏟아내는 폭포와 맑은 연못, 그리고 묘하게 쪼개진 듯한 바윗돌이 신비롭다. 던져 넣은 허리띠가 용이 되어 승천했다고 해도 순진한 혹은 신심 깊은 사람들은 믿을 만하다.

기실 이 길은 문무왕의 장례 행렬이 지난 길이었고, 신문왕이 부왕의 제사를 지내기 위해 걸었던 길이며, 수백 년 동안 신라를 괴롭혀온 왜구의 침범 루트이기도 했다. 그러니 자주 행차해 걸어주고 정비해야 마땅했을 것이다. 더하여 아버지의 분투를 가장 곁에서 지켜보았을 아들이 왕관을 쓰기 전까지 이해할 수 없었던 아버지의 고독을 제 것으로 곱씹으며 걸었을 길이기도 하다.

감은사와 대왕암이 함께 보이는 원래의 이견대 자리는 아니지만 아쉬운 대로 길가의 이견정에서 대왕암을 바라본다. 푸른 물결과 흰 포말 사이로 행여 한 줄기 피리 소리가 들릴까 귀를 세운다.

성낙주는 『에밀레종의 비밀』(2008, 푸른역사)에서 황수영이 발표한 '신라 종 양식과 만파식적'을 발전시켜 에밀레종의 만파식적 기원설을 주장한다. 그는 만파식적과 흑옥대 등 안정기에 돌연히 출현한 새로운 신기들을 정치적 수단으로 해석한다. 만파식적 설화 가운데 후일 효소왕이 되는 태자가 등장하는 '흑요대' 부분은 후대의 가필로, 부례랑이 납치되고 천존고에 보관 중이던 만파식적과 현금이 사라진 것은 효소왕대의 정치 불안을 상징하는 것이다. 얻기에 어려우나 지키기는 더 어려운 이치가 그곳에도 있다.

문무왕은 문文과 무武를 아우르는 이름으로, 길고 고단한 전쟁이 끝나고 마침내 평화의 시대가 펼쳐지길 기원하는 염원을 담은 것이다. 김부식은 비하하듯 만파식적을 『삼국사기』 「음악편」에 실었지만 경계 없이 멀리 가는 만파식적의 피리 소리는 음악을 통해 세상을 교화한다는 유교적 '예악'의 이데올로기와 닿아 있다. 에밀레종의 종소리는 부처님의 음성을 닮아 목숨들을 피안의 낙토로 실어 나르는 커다란 수레가 되길 기원하는 것과 연관된다.

월성 안에서 에밀레종 소리를 듣고 대왕암을 바라보며 피리 소리를 더듬는다. 이름부터 멋진 천존고는 아쉽게도 월성 안이 아닌 불국사 가는 길에 출토 유물 보관 건물로 개관했지만, 보배로운 마음은 애초에 창고든 전시실이든 가둘 수 없는 것이다. 문제적 인간 김법민, 물결을 덮고 잠드신 문무대왕의 마음을 바람결에 가만히 헤아려본다.

개의 이빨처럼 맞물려 있던 시절

신라·고구려·백제 왕성 비교

격전의 땅을 지르밟다

도무지 불혹不惑할 것 같지 않았던 미혹迷惑의 마흔에 문득 "지금
껏 피하고 꺼리던 일을 해보자"며 백두대간 종주에 도전했다. 청계산
과 관악산에 둘러싸여 20년을 살고도 단 한 번 스스로 산행을 결심
해 본 적 없는 '평지형 인간' 주제에 첫걸음이 백두대간이라니! 첫 번
째 산행 길에 일찌감치 깨달았다.

"이건, 미친 짓이다!"

내 발등을 내가 찍었다는 후회를 수십 수백 번 곱씹으면서 2년 동
안 지리산 천왕봉부터 진부령까지의 백두대간 남한 구간을 완주하
고야 말았다. 지금 돌이켜봐도 참으로 미련하고 무모한 짓이었을뿐

더러 일생에 다시없을 뿌듯하고 용감한 일이었다.

그때 얻은 족저근막염과 무릎 통증으로 지금은 험산이나 오랜 시간 산행을 하지 못하지만 적어도 더 이상 오르기 전부터 두려움에 떨지 않는다. 산은 글자부터 속성까지 삶을 닮았다. 결국, 삶은 두려워하지 않는 자의 것이다.

백두대간 종주 2차 산행은 전라북도 남원시 운봉읍에서 시작해 통안재에서 사치재를 넘어 복성이재에서 마루금이 끝나는 총 16킬로미터 코스였다. 재로 이어지는 구간인지라 산보다는 완만했지만 그때만 해도 울트라 왕초보 산객이었던 내게 힘들기는 매한가지였다. 그날 사치재에서 북진하다 781미터 봉을 지나 복성이재로 이어진 길에서 이끼 낀 커다란 돌무더기로 남아 있는 아막산성을 만났다. 아막산성은 백제와 신라가 주도권 쟁탈전을 벌였던 곳이다.

백제 무왕은 즉위 3년(602·진평왕 24)에 신라의 아막산성을 공격했는데, 그 전투에서 백제군이 평상시에 유지하는 전체 병력 6만 중 3분의 2에 달하는 4만을 상실하는 대패를 당했다. 승리한 신라군 역시 귀산과 추항이라는 장수를 잃었다.

잠시 스틱을 내려놓고 장갑과 무릎 보호대를 벗은 뒤 석벽에 기대어 쉬노라니 당시 그 무섭다는 중2였던 아들아이와 친구들이 엉두덜거렸다.

"그냥 산만 타도 이렇게 힘든데, 어쩌자고 여기까지 기어 올라와서 싸움질을 한단 말이야?"

아무래도 4만이 전사할 정도의 치열한 전투를 벌이기엔 비좁고 가

파르다. 해발 680미터 지점에 2미터 이상의 성벽을 쌓으려면 고생이 만만찮았을 것이다. 그럼에도 불구하고 신라인들은 필사적으로 성을 쌓고 목숨으로 고개를 지켰다.

이때의 정세를 한마디로 표현한 말이 『삼국사기』에 나오는 견아犬牙 '개의 이빨'이라는 뜻이다. 고구려와 백제와 신라가 '개 이빨처럼 서로 맞물려 있던' 시절, 그 돌무더기 고개가 바로 피가 흐르고 불꽃이 솟는 승리와 패배의 격전지였던 것이다.

고대사는 먼 하늘의 달무리처럼 흐리마리하다. 남아 있는 금석문은 많지 않고 문헌은 혼돈스러우며 유물 유적은 외세에 약탈당했거나 전란에 소실되었다. 게다가 고구려의 땅인 북쪽과 신라와 백제의 땅인 남쪽이 분단되어 학문적 교류마저 단절된 채 세월을 흘려보냈다. 그나마 과학 기술의 발전으로 현대 장비를 이용한 고고학적 조사가 이루어지면서 조금씩 비밀의 실마리가 풀리고 있어 다행이다. 여전히 아는 것보다 모르는 것이 훨씬 많지만 이런 수수께끼라면 얼마든지 즐겁다. 좀 더 호기심과 인내심을 발휘해야 마땅하다.

고구려와 백제의 도성

『삼국시대 고고학개론 1-도성과 토목편』(대한문화재연구원, 2014)을 살펴보면 삼국의 도성 조영이 각 나라의 흥망을 좌우했음을 알 수 있다. 신라의 왕도 서라벌은 건국부터 패망까지 전 시기를, 왕성 월성은 101년부터 935년까지 834년 동안 50대의 왕을 거치며 건재했다. 그러나 고구려와 백제의 사정은 신라와 달랐다.

고구려는 세 번에 걸쳐 도성을 옮겼다. 환인 지역 졸본에서 압록강가 국내성으로, 그리고 다시 대동강 유역 평양으로 천도했다(평양에서도 처음에는 시가지 동북쪽에 머물다가 586년 현재 평양 시가지에 자리 잡았다).

백제는 크게 한성에서 웅진(공주)으로, 웅진에서 사비(부여)로 이동했다. 한성에서도 처음에 한강 이북 하북위례성에 있다가 온조왕 때 한강 이남 하남위례성으로 옮겼고, 근초고왕 때 한산漢山(한성)으로 이도했다고 추정된다.

구글 이미지에서 '우뉘산Wun Mountain'을 검색하면 가히 신비롭다 할 만한 풍경과 만날 수 있다. 해발 800여 미터의 산 정상에 100미터가 넘는 수직 절벽이 깎아지른 듯 솟구쳤고, 그 위에 거짓말처럼 성터가 있다. 고구려의 첫 번째 왕성으로 비정되는 오녀산성이다. 고려 후기 이규보의 『동국이상국전집』 「동명왕편」에 오녀산성 건설 장면이 등장한다.

7월에 검은 구름이 골령에 일어나서 사람들이 그 산은 보지 못하고 오직 수천 명 사람의 소리가 토목 공사를 하는 것같이 들렸다. 왕이, 하늘이 나를 위하여 성을 쌓는 것이다, 하였다. 7일 만에 운무가 걷히니 성곽과 궁실 누대가 저절로 이루어졌다. 왕이 황천께 절하여 감사하고 나아가 살았다.

중국 랴오닝성 번시시 환인만족자치현에 위치한 오녀산성. 고구려의 첫 번째 왕성으로 비정된 유네스코 세계문화유산이다.

고구려 시조 주몽이 건국 직후 골령에 성곽과 궁실을 조영했다는 사실은 '광개토대왕비'를 통해서도 확인되는데, 과연 하늘의 도움을 받는 영웅이 정치적 권위를 과시하기에는 더할 나위 없이 웅장한 풍경이다.

하지만 중국이 관광지로 조성해 개방한 오녀산성 내부를 들여다보면 일상적으로 거주하기에는 쉽지 않은 조건임을 확인할 수 있다. 차마가 다닐 수 있는 유일한 길이라는 십팔판은 938미터의 끝없는 돌계단으로, 정상까지 열여덟 굽이를 건너야 하기에 붙여진 이름이라고 한다. 그래서 연구자들은 산상(골령) 성곽인 오녀산성을 의례 공간이나 군사 방어성으로, 평상시 거주한 홀본(졸본)은 오녀산성 바로 동쪽의 혼강 연안에 위치했다고 본다(여호규, 2014). 다만 이

지역은 환인댐 수몰 지구로 물속에 잠겨 있어 유물 유적을 확인하기 어렵다.

고구려의 도성은 국내성과 평양으로 천도한 후에도 졸본에서처럼 이중 구조를 보인다. 평상시와 비상시가 분리된 구조는 전쟁에 대비한 것이다. 고구려는 삼국 중에서도 가장 많은 전투를 치른 나라다. 북으로 부여, 거란, 전연, 북위, 수, 당 등의 대륙 세력들과 갈등하면서 수도가 국내성에서 평양까지 남진했으며 이후 백제, 신라와 맞섰다. 전쟁 같은 삶, 삶의 전쟁. 고구려의 수도가 여러 번 바뀐 데에는 절박한 대내외적 요구가 있었다.

백제 역시 고구려와 마찬가지였다. 한성 백제의 도성은 평상시의 풍납토성(북성)과 비상시의 몽촌토성(남성)이 정궁-별궁 양궁성제로 운영되고, 인근에 왕릉 구역(석촌동-가락동고분군)이 위치하며 그 외곽에 일반 취락(하남 미사동 유적, 서울 암사동 유적 등), 산성 등이 분포하는 양상이었을 것이라고 본다(김낙중, 2014).

고구려의 한성 함락으로 백제는 갑작스럽게 웅진으로 천도한다. 웅진기 도성도 왕궁 위치, 축조 시기, 나성의 존재 여부, 도성 내부 등등이 논란 중이지만 일단 웅진성은 현재의 공산성 자리에 있었던 것으로 추정된다.

고구려에게 밀리고 신라에게 치이며 백제는 필사의 발버둥을 친다. 백제의 마지막 도성인 부여 사비성은 이런 절박함을 드러낸다. 사비도성은 부소산성과 이곳에서 연결되는 나성으로 둘러싸여 있다. 즉 도성을 두르는 나성과 청마산성 등의 외곽 방어 시설이 사방에 포진된 형태다. 경주에는 나성이 없다. 대신 사방에 산성이 배치되어 있어 도성을 방비하는 방어 시설의 기능을 한다.

부소산성의 내부 시설은 조사가 미흡하고 나성 또한 마찬가지다. 부소산성은 아름다운 숲 전국대회에서 '22세기를 위해 보전해야 할 아름다운 숲'으로 선정되었고 낙화암의 일출 또한 그토록 장관이라지만, 낙화암의 본래 이름이 떨어질 '타'의 타사암墮死巖이라는 것을 떠올리면 스산한 기분이 든다. 의자왕이 거느린 삼천 궁녀 설은 패망한 왕조를 폄하하기 위해 후대에 만들어진 것이라지만, 알코올 의

'낙화'라는 낭만적 이름과 달리 낙화암은 패망한 백제 왕조의 비애가 서려 있는 곳이다.

존중에 가까우리만큼 지속적으로 등장하는 음주 기록은 실정失政의 책임이 의자왕 자신에게 있음을 증언한다. 타락이든 무능이든 회피든 지도자의 과오는 백성을 바위 아래로 떨어뜨리는 결과를 낳기 마련이다.

고구려와 백제의 도읍지 변천과 도성의 형태를 살펴보노라니 월성의 존재가 더욱 유의미하게 느껴진다. 신라는 삼국 가운데 유일하게 천도가 없었던 나라다. 후발 주자로 척박한 지역에 터를 잡았지만 먼저 건국한 고구려나 백제에 비해 외부 세력과의 갈등이 상대적으로 적었다. 고구려의 고국원왕이나 보장왕, 백제의 개로왕과 책계왕과 침류왕과 성왕처럼 전쟁터에서 전사한 왕도 없다. 정복 전쟁의 격전장에서 사령관과 근거지를 잃지 않았다는 것만으로도 승기를 잡을 조건이 충분했다.

국력의 상징, 신라의 계획도시

『삼국사기』에는 689년 신문왕이 "도읍을 달구벌(대구)로 옮기고자 하였으나 실현하지 못했다"는 기사가 나온다. 하지만 그것은 달구벌의 새로운 세력을 통해 서라벌의 진골 귀족 세력을 견제하여 왕권을 강화하려는 목적이지 외부의 압력에 의한 것이 아니었다.

도읍을 옮기는 것 자체가 얼마나 큰일인가? 행정 수도 이전에 관련된 소동은 아직도 기억에 생생하다. 현재 곳곳에서 이루어지는 신도시 건설만 생각해 봐도 후보지가 결정되면 토지 수용부터 인프라 조성까지 쉬운 일이 하나도 없다. 기득권 세력의 저항은 물론이거니와 전부터 살던 주민들의 반발과 강제 이주에 따른 갈등도 만만찮다. 낯선 곳에 적응하고 뿌리를 내리기까지의 스트레스와 시행착오는 또 어떤가?

신라는 도읍을 옮기지 않았기에 이런 과정에서 소모되는 에너지가 없었다. 그래서 에너지를 비축해 다른 곳에 쓸 수 있었다. 월성은 5세기 후반 성벽을 축성한 뒤 삼한 통합을 기점으로 궁궐을 대대적으로 개보수하고 궁역을 확장한다. 왕궁을 중심으로 왕경은 점점 넓어진다. 도로가 정비되고 재개발과 신축이 차근차근 진행된다. 서라벌이 계획도시로 조성된 것은 6세기 중엽 진흥왕 때부터이며 신라 도성이 가장 확장된 시기는 9세기 후반으로 추정된다(홍보식, 2014).

'개의 이빨'의 시기를 지나며 서라벌을 중심으로 외곽으로 확장하는 방어 체계를 구축하는 것도 잊지 않았다. 영토 확장에 따라 방어 체계는 여러 겹으로 확대되었다. 성곽의 경우 점차 규모가 커졌으며, 하천이 교차하는 핵심 거점에는 성벽 규모가 큰 성을 구축했다(조효식, 2014).

새로운 도시의 건설은 인구 증가와 토목 기술 발달의 증거일뿐더러 왕권 강화를 위한 정치적 행위이기도 했다. 천년 도읍 서라벌과 천년 왕성 월성은 신라의 터전이고 국력이었으며, 신라 그 자체였다. 깊은 강은 멀리, 그리고 오래 흐른다.

권력에 대한 강렬한 열망을 엿보다

진평왕릉과 명활산성을 걸으며

허허벌판의 진평왕릉

경주에서 10여 년 동안 택시를 운전했다는 기사님도 처음 가보는 곳이라고 했다. 내비게이션에 주소를 찍고 지칫지칫 좁은 길을 달려갔다. 로드뷰에도 나오지 않는 진평왕릉은 시내를 벗어나 한적한 마을의 허허벌판에 있다. 겨울이라 더욱 그렇겠지만 인터넷에 게시된 멋들어진 사진과 산책지로 좋다는 소개말만 믿고 왔다가는 '뭥미?' 할 것 같다.

진기하고 보배로운 것도 너무 많으면 평범하고 대수로울 수 있다는 사실을 경주 여행을 통해 새삼 깨닫는다. 그렇다고 진기함과 보배로움이 사라질 수는 없겠지만 흔하면 아무래도 귀히 여기며 간직하

신라 역사에서 가장 오랫동안 재위하고 많은 업적을 남긴 진평왕이지만 그의 왕릉은 매우 소박하다.

기 쉽지 않아진다. 진흥왕릉과 진지왕릉으로 전해지는 무덤을 보고도 그랬지만 진평왕릉도 기대보다 작고 초라해서 실망이라기보다 안타깝다. 거의 방치되다시피 한 무덤의 주인 세 명이 미실이 색공을 바친 '황제'였기 때문인지도 모른다.

그중에서 진평왕은 579년 소년 왕으로 즉위해 632년 사망하기까지 54년에 이르는 긴 시간 동안 월성의 주인이었다는 점이 이채롭다. 98세까지 살아서 79년을 재위한 고구려의 장수왕에는 비할 수 없으나, 53년을 재위한 백제의 고이왕과 조선의 영조 임금에 비견할 만하다. 무엇보다 신라 역사에서 가장 오랫동안 재위한 왕이었고 그 시간

만큼 업적도 많다.

> 내제석궁(천주사)에 행차하였는데, 돌계단을 밟으니 세 개가 한꺼번에 부러졌다. 왕이 좌우의 사람들에게 일러 말하기를 "이 돌들을 다른 곳으로 옮기지 말고 그대로 두어, 후세 사람들이 볼 수 있게 하도록 하라" 했다.

『삼국유사』에 나오는 진평왕의 일화 중 특이한 것은 키가 11척(약 3.5미터)이나 되었다는 믿거나 말거나 전설이다. 기이하도록 큰 키를 강조한 것은 권력과 지배에 대한 강렬한 열망을 의미한다. 그도 그럴 것이 진평왕은 진흥왕의 손자이지만 그의 아비는 임금이 되지 못하고 죽은 동륜태자다.

『삼국사기』에 나와 있지 않은 동륜태자의 사인이 『화랑세기』에 자세히 기록되어 있는데, 아버지 진흥왕의 후궁인 보명 궁주와 몰래 정을 통하다가 보명궁에서 기르는 개에게 물려 죽었다고 한다. 그야말로 개죽음이다. 이 대목에서 영조와 사도 세자와 정조의 트라이앵글이 자연스럽게 떠오른다. 정조가 아버지 사도 세자의 명예를 회복하기 위해 거의 강박적으로 노력했던 것처럼, 진평왕은 삼촌인 진지왕이 폐위하며 행운으로 오른 왕위를 허투루 여기지 않는다.

콤플렉스를 품은 이들은 소리 없이 맹렬하다. 진평왕은 26세가 되던 해에 남산성을 쌓고 이어서 명활산성을 고쳐 쌓았다. 서라벌에 대한 경계를 확실히 하는 한편 백제와 고구려에 대항해 한판 벌일 준비를 한 것이다.

진평왕 시절에는 전쟁이 끊이지 않았다. 칠숙과 석품의 반란을 비롯한 내부의 반란들 또한 그를 위협했다. 하지만 그는 무너지지 않았다. 기어이 버텨서 마침내 이긴 진평왕은 지혜로운 딸 선덕여왕에게 왕위를 물려주고 이 무덤 속에 누웠다. 여기서 멀지 않은 낭산 기슭에 선덕여왕릉이 있으니 바람결에라도 부녀의 정담을 흔연히 나눌 수 있을 테다. 부디 고단했던 삶을 모두 잊을 만큼 평안하시기를.

명활산성과 김유신, 그리고 비담

'월성 뚝방길'이라는, 이름 하나에 홀렸다. '비담과 김유신의 일화로 유명한 명활산성에서 보문 들판 속 고즈넉한 진평왕릉으로 이어지는 뚝방길'이라는 설명도 그럴 듯했다. 물론 '월성 뚝방길'이 경주시 월성동에 있는 건 사실이다. 그런데 막상 가보니 우리의 월성과 너무 멀어서 의아했다. 확인해 보니 '월성 뚝방길'이라는 이름이 무리했는지 명칭을 '숲머리 뚝방길'로 바꾼 것 같다. 명활산성에서 숲머리 남촌마을 신라 제26대 진평왕릉까지 약 2킬로미터 구간의 둘레길이다.

이름이야 어찌 되었든 나선 김에 걷기로 했다. 요즘은 전국 어디를 가도 일종의 트레킹 코스인 '둘레길'을 만날 수 있다. 제주 올레길이 여행자들을 불러 모으고 북한산 둘레길이 화제가 되면서 각 지자체에서 경쟁적으로 둘레길을 조성하기 시작했다. 지리산 둘레길, 서울

두드림길, 충남 아라메길, 전북 구불길 등이 등장했고, 제주 올레길의 성공에 영감을 얻은 일본에서 로열티를 주고 수입해 가져가 큐슈 올레길을 만들었다고 한다.

근래에 들어서는 둘레길이 남발되면서 지역의 관광 자원을 개발한다는 명분으로 토목 공사를 벌인다는 비판도 받지만, 자동차로 휙 돌아보는 관광이 아닌 도보 여행 코스가 생긴다는 것 자체는 나쁘지 않다.

프랑스의 사회학자 다비드 르 브르통은 『걷기 예찬』에서 이렇게 찬했다.

"걷기는 세계를 느끼는 관능에로의 초대다. 걷는다는 것은 세계를 온전하게 경험한다는 것이다."

"걷기는 사람의 마음을 가난하고 단순하게 하고 불필요한 군더더기들을 털어낸다."

"걷는 사람은 모든 것을 다 받아들이고 모든 것과 다 손잡을 수 있는 마음으로 세상의 구불구불한 길을, 그리고 자기 자신의 내면의 길을 더듬어 간다."

이렇게 좋은 일을, 어찌 하지 않을 수 있단 말인가?

'월성 뚝방길' 혹은 '숲머리 뚝방길'은 지자체의 사업이 아니라 마을 주민들이 자발적으로 참여해 정비했다고 한다. 그 사실이 나름의 의미를 갖긴 하지만 자원 봉사자들의 청소와 전정 작업으로는 산책로 정비에 한계가 있을 수밖에 없다. 진평왕릉에서 명활산성까지 약 1킬로미터 정도까지는 그럭저럭 산책할 만한 길의 꼴을 갖추고 있지만 나머지 1킬로미터는 생활 쓰레기와 마구 자란 나뭇가지들을 헤쳐 가야 한다. 아무리 길은 걸어가면서 만들어진다지만 앞선 사람도 뒤따를 사람도 보이지 않으니 이게 과연 길인가 싶다.

어쨌거나 길 끝에는 명활산성이 있을 것이다. 명활산성은 자비마립간 18년(475)에 월성에서 옮겨와 소지마립간 10년(488)에 다시 월성으로 돌아갈 때까지 약 13년 동안 왕이 거주했던 성이다. 월성의 다른 이름을 재성在城이라 하는 것은 왕이 머무르며 거주했다는 뜻이니, 명활산성도 잠시나마 재성으로서 왕성의 역할을 했다고 할 수 있다.

명활산성을 언제 지었는가는 정확치 않다. 『삼국사기』에 첫 등장이 실성이사금 4년(405) 왜병이 명활성을 공격했다는 기록인 것으로 미루어 그 이전에 축성되었다는 사실을 알 수 있다. 『신증동국여지승람』에는 명활성이 월성의 동쪽에 있으며 돌로 쌓았고 둘레가 7,818척이라고 기록되어 있다. 왕이 다급히 옮겨가야 했던 성, 머무르며 지켜야만 했던 성, 명활산성은 여전히 복원 공사가 한창이다.

'뚝방길'이 끝나고 보문단지로 건너가기 전 오른편에 흰 돌무더기가 나타난다. 동절기 작업 중지 기간이라 빈 성에 운 좋게 들어가보았다. 입구 쪽 성벽을 작업하는 중이라 안쪽에 동네 주민들이 텃밭

명활산성. 누군가를 공격하고 누군가를 방어하기 위해 지어졌던 성. 신라 시대 외부, 내부의 숱한 위기의 무대였을 것이다.

을 일군 흔적까지 고스란하다. 원래 명활산성의 축성 방식이 다듬지 않은 돌을 사용하는 신라 초기의 방식을 취하고 있다더니 과연 성벽에는 크기와 모양이 다른 돌들이 서로 맞물려 쌓여 있다.

아래서는 정확한 성의 모양새가 보이지 않는다. 그런데 산을 타고 올라가 임시로 터놓은 산길에서 아래를 내려다보니 명활산성의 쓰임새가 무엇인지 확연해진다. 산 아래 성 바깥에서 보는 모습과 산 위 성안에서 보는 모습이 확연히 다르다. 누군가의 공격을 방어하고 또 누군가를 공격하기 위해 지어진 성이 분명하다.

'월성이랑'을 소개하며 이야기한 바대로, 자비마립간이 월성을 비우면서까지 명활산성으로 몸을 옮긴 것은 백제 개로왕이 아차성에서 고구려 장수왕에게 살해된 사건과 관련된다. 이후 백제는 웅진으로 천도하고 고구려는 죽령과 동해안으로 더욱 바싹 위협해 온다. 명활산성은 신문왕의 '호국행차길'과 이어지고 호국행차길은 다시 동해로 이어진다. 문무왕이 죽어 용이 되어서라도 지키고 싶었던 길, 그곳은 왜구의 침범 루트이기도 했다.

땅을 지키고, 왕국을 지키고, 그곳에서 살아가는 모든 생령을 지키기 위해 이 가파른 성이 지어진 게다. 치열한 전투 속에 수성의 깃발을 놓치지 않고 천년을 견딘 게다. 생각이 그에 이르자 마음이 아릿하다. 살아가는 것이 살아 있는 것들의 본능일지니!

명활산성 하면 떠오르는 사람이 바로 비담과 김유신이다. 선덕여왕 14년(645) 상대등으로 승진한 비담은 2년 후(647) 정월에 염종과 함께 반란을 일으킨다. 은혜를 원수로 갚는다더니 반란의 명분도 "여자 임금은 나라를 잘 다스릴 수 없다"는 것이었다(그런 여자 임금한테 벼슬을 받을 때는 언제고!).

선덕여왕은 월성을 지키며 방어하고 비담의 반란군은 명활성에 주둔해 대치한다. 밀고 밀리는 공격과 방어가 열흘 동안 이어지다가 한밤중에 큰 별이 월성에 떨어지는 현상이 나타난다. 비담이 반란군에게 말했다.

내가 듣기로 별이 떨어진 아래에는 반드시 피 흘림이 있다고 하니, 이는 여자 임금이 패할 징조로다!

비담의 선동에 반란군은 사기가 충천해 환호를 지르니 그 소리가 천지에 진동했다. 선덕여왕이 공포를 느끼며 괴로워할 때 김유신이 상황을 역전시킬 묘안을 냈다. 허수아비를 만들어 불을 붙여 연에 실어 날려 보내니 마치 별이 하늘로 올라가는 것 같았다. 다음 날 사람들이 길가에 서서 이상한 이야기를 수군거린다. 어젯밤 떨어진 별이 다시 하늘로 올라갔다는 것이다. 김유신이 여론을 바꾸기 위해 풀어놓은 사람들이었다. 김유신은 흰 말을 잡아타고 별이 떨어진 곳으로 달려가 신에게 제사를 바치며 빈다.

> (…) 하늘의 위엄으로 사람이 하려는 것에 따라 선한 이를 옳게 여기고 악한 이를 미워하시어 신神으로서 잘못을 하지 마시옵소서!

충격과 스트레스가 원인이 되었던지 선덕여왕은 반란이 진압되는 것을 보지 못하고 세상을 떠난다. 그로부터 아흐레가 채 지나지 않아 반란 괴수 비담은 잡혀 목이 잘린다.

비담의 난에 대해서는 상대등의 왕위 추대 운동이라는 설, 화백회의가 국왕에게 퇴위 요구를 하자 김유신을 위시한 선덕여왕 측이 역으로 난리를 일으켰다는 설, 동륜태자 계열이 진지왕계에 저항하여 일으킨 반대 운동이라는 설 등등 숱한 추측이 있다. 비담의 난은 신라의 정치사에서 분기점이라 할 만하다. 반란을 진압한 후 선덕여왕을 옹호한 김유신, 그리고 그의 매제이자 정치적 동지인 김춘추는 권력의 핵심에 접근할 수 있게 된다.

그 후로 세월이 흘러 월성은 사라지고 명활산성은 돌무더기로 남았다. 선덕여왕의 고통과 비담의 역심, 그리고 김유신의 충심이 어떤 빛깔이었는지도 시간 속에 흩어진 비밀이 되었다. 다만 힘껏 싸우고 힘껏 살았으니, 오로지 차곡차곡 쌓인 돌들만이 진실을 기억할 것이다. 사람이 할 수 있는 일은 애당초 그리 많지 않은지도 모른다.

사랑하는 만큼 기억한다
'그들'이 있었기에 존재한 신라와 월성

월성 바깥의 사람들

지금 월성은 없다. 흔적과 터만 남아 있을 뿐 실체는 시간의 안개 저편에 있다. 월성의 최후에 대해서도 견훤이 불을 놓았다는 기록과 몽골 기병이 황룡사를 태웠다는 기록이 엇갈린다. 아무래도 신라 패 망 후 방치되다가 화재로 소실되었을 가능성이 크다.

그런데 전화위복이요 새옹지마라 할 만하다. 추정대로 월성이 몽 골이 침입했을 때 화재에 의해 일거에 사라진 것이라면 오히려 현재 까지 땅속에 상당한 유물이 매장되어 있을 가능성이 높다. "1970년 대 말 월성 내부 시험 발굴에 나섰다가 지하에 너무 많은 유물이 매 장되어 있어 당시 기술로는 도저히 발굴할 수 없다는 사실을 확인하고 그대로 덮어버렸다"는 말이 경주 지역 문화재 관계자들 사이에 전설처럼 내려왔다니.

월성은 이제부터 차근히 모습을 드러낼 것이다. 비밀과 신비도 봇물처럼 터져 나올 것이다. 그럼에도 여전히 눈에 보이는 것보다 눈으로 볼 수 없는 것들이 훨씬 많을지니 마음의 눈을 뜨고 참을성 있게 기다려야 할 테다.

매일 짐을 풀고 싸는 대신 한곳에서 머물며 여행하다 보면 시나브로 그 동네의 특성을 파악하고 '로컬'의 분위기에 젖게 된다. 경주에서 유숙하며 월성과 관련된 이야기의 흔적을 닥치는 대로 좇아다니다 보니 어느새 유물과 유적보다는 사람, 지난 시간 속의 사람들과 현재의 사람들이 궁금해졌다.

월성은 결국 사람이 지은 성이고 사람이 살았던 성이다. 월성의 주인들이 중요하지만 그들과 어우러져 살았던 월성 바깥의 사람들도 무시할 수 없다. 신분과 처지는 달랐을지언정 그들 모두 자기의 운명을 힘껏 살았던 사람들이다. 너무 땅 속만 들여다보고 지난날만 좇으면 허무감이 깃들기 마련이다. 어제부터 오늘까지, 어떤 환란에도 영영 사라지지 않은 사람들의 향기를 더듬어본다.

21세기에 들어 처음 실시한 2000년의 인구 조사에 의하면 본관별 인구 순위 1위는 김해(가락) 김씨, 2위는 밀양(밀성) 박씨, 3위는 전주 이씨라고 한다. 그리고 4위부터 6위까지가 바로 경주를 본관으로 한 김씨, 이씨, 최씨의 순이다. 가락국의 수로왕이 시조이고 김유신이 중시조인 김해 김씨까지 포함하면 인구수 상위 성씨의 절반 이상이 신라를 뿌리로 하는 셈이다.

물론 지금의 본관이며 성씨가 삼국 시대를 비롯한 과거와 같은 의미일 수는 없다. 삼국 시대 이전에는 성씨 자체가 없었다가 이후 일부 계급에게만 주어졌다. 포상이거나 표식의 의미가 더 강했던 본관과 성씨는 계급 사회의 변동에 따라 '만인의 것'이 되었지만, 그 또한 부계의 전승인지라 핏줄로만 따지면 절반의 징표에 불과하다.

하루가 다르게 변화하는 세상에 새삼 본관 따지고 성씨 따지는 것이 고리탑탑하게 느껴질 수 있겠다. 그럼에도 개인적으로는 여전히 '뿌리 찾기'에 흥미를 느끼는 편이다. 고구마 줄기처럼 혈연으로 이어진 나의 뿌리가 과연 어디에 닿아 있는지 궁금하다. 그것은 지나간 일로만 여기는 과거를 현재의 일부로 인식하고 회복하는 작업이다. 내가 흘러왔고 흘러갈 물에 가만히 손을 넣어보는 일이랄까.

『삼국유사』에 따르면 "신라의 전성시대에 서울 안 호수가 17만 8,936호戶에 1,360방坊이요, 주위가 55리里였다"고 했다. '17만 호'에 대해서는 이를 호구 수로 보고 5(명)를 곱하면 85만여 명이 되는데 경주의 면적을 감안하면 이 인구를 모두 수용하는 것이 불가능하므로 이를 호구 수로 보지 않고 인구수로 보는 것이 대체적인 견해이다.

그러나 '당평백제비唐平百濟碑'에서 백제 멸망 당시 인구가 620만이라고 언급한 점을 감안하면, 신라 왕경의 인구를 85만 명 정도로 추측하는 것이 결코 타당성 없는 주장은 아니라는 의견도 있다.

경주의 뿌리

족보 전문 사이트 '뿌리를 찾아서'에서 검색되는 경주(혹은 안강, 월성, 계림)를 본관으로 한 성씨는 89개에 이른다. 그중 '월성의 시대'에 있었던 성씨는 9개쯤으로 짐작된다. 우선 왕을 배출한 박·석·김씨가 있고, 고조선 유민으로 진한 땅에 자리 잡은 6부 촌장들을 원조로 하는 알천 양산촌 이씨, 돌산 고허촌 최씨, 취산 진지촌 정鄭씨, 무산 대수촌 손씨, 금산 가리촌 배씨, 명활산 고야촌 설씨 등이 있다.

경주시 탑동 양산 아래 자리 잡고 있는 '양산재'는 6부 촌장의 위패를 모시고 제사를 지내는 사당이다. 1970년에 6촌장을 기리기 위해 건립했다는데, 가보니 문이 잠겨 있고 주변은 썰렁하다. 하지만 대문 틈으로 빼꼼히 들여다보니 깔끔하게 정비된 모습에서 후손들의 손길이 느껴진다.

양산재에 들어가보지 못한 아쉬움을 나정에서 달랜다. 나정과 양산재가 이어지다시피 자리한 것이 당연하지만 흐뭇하다. 알에서 탄생한 박혁거세를 신라의 왕으로 추대한 이들이 바로 6부 촌장이다.

원래 이들은 각자 자식들을 데리고 알천 언덕에 모였다. 혁거세가 나타나기 전까지 그들의 자식 중 누군가를 우두머리로 삼는 것이 당연하다고 여겼던 게다. 6부 촌장 모두가 하늘의 자손으로 강림 신화를 갖고 있다는 것이 그 증거다.

자식이야말로 인간의 마지막 욕망! 어쩌면 자기 자신이 누리고 픈 욕망보다 자기 자식에게 누리게 하고픈 욕망이 더 클지도 모른다.

252

6부 촌장의 위패를 모시고 제사를 지내는 사당인 양산재의 전경.

6부 촌장들 역시 자기 자식을 왕으로 세우고픈 마음(본능)이 없지 않았으련만, 그들은 저마다의 욕망을 꾹 누르고 혁거세를 지도자로 옹립한다. 홀로 제아무리 잘나봤자 소용이 없다. 마음 맑고 눈 밝은 이들이 알아보지 못한다면 영웅이고 위인이고 없는 것이다.

　6부 촌장 중에서도 두 사람의 이야기가 도드라진다. 촌장들의 리더 격으로 하늘로부터 형산兄山으로 하강한 존재인 고허촌장 소벌도리와, 그 또한 하늘에서 바위로 내려왔다는 표암瓢巖 전설의 주인공 양산촌장 알평이다. 경주 최씨는 신라의 문장가 최치원을 시조로 하는데 최치원이 바로 소벌도리의 24세손이다. 최씨는 신라와 고려에서 명망을 높이고 권세를 누리다가 조선 시대에 들어 의외로 쇠침하였다지만 이어서 말할 '최부잣집'의 향기로운 가풍으로 지금까지도 기억되고 있다. 경주 이씨는 박바위(표암)에 강림한 알평을 시조로 하는데 고려 말에 크게 세력을 떨쳤고 조선 시대에도 수많은 명신과 학자를 배출했다. 특히 '오성과 한음' 일화로 유명한 백사 이항복의 집안이 발복하여 많은 자손을 남겼다.

월성의 서편, 월정교를 보러 온 관광객들과 주차장을 같이 쓰는 교동마을은 경주 최씨 후손들의 삶터다. '최부잣집'으로 알려진 고택을 중심으로 한옥 마을이 형성되어 있고 달걀이 가득 든 '교리 김밥'도 유명하다. 고택 사랑채의 주춧돌이 월성에서 나온 돌이라는데, 이 돌이 그 돌 같고 그 돌이 이 돌 같아 직접 확인하지는 못했다.

시간과 더불어 살아온 사람들의 진정은 마을 한편 향교에서도 느껴진다. 경북에서 가장 큰 향교라는 것 외에도 원래 신문왕이 '국학'을 지은 바로 그 자리에 세웠다는 사실이 이채롭다. 학교의 자리에 학교가 생겨나는 건 그곳이 가장 공부하기 좋은, 조용하고 안정적인 터라는 뜻이렷다.

경주 이씨가 이씨의 대종大宗으로서 수많은 공신과 학자를 배출한 것을 자랑삼는다면, 경주 최씨는 '최부잣집'으로 대표되는 노블레스 오블리주의 표상이라 할 만하다. 단순히 돈만 많은 게 아니라 세계관과 인생관이 함께했기에 경주 최씨는 일제 강점기에 지사들을 배출하며 진정한 명문가로 거듭난다. 이미 수차례 방문했지만 최씨 집안의 가훈은 볼 때마다 깊은 울림을 준다.

월성과 교촌 한옥마을. 국가민속문화재 제27호인 경주 최부잣집이 이곳에 있다.

1. 과거를 보되 진사 이상은 하지 마라.
   - 높은 벼슬에 올랐다가는 분쟁에 휘말려 화를 집안으로 불러
     올 수 있다.
2. 재산은 만 석 이상 지니지 마라.
   - 지나친 욕심은 화를 부른다. 1만 석 이상의 재산은 이웃에 돌
     려 사회에 환원한다.
3. 과객을 후하게 대접하라.
   - 누가 와도 넉넉히 대접하여, 푸근한 마음을 갖게 한 후 보낸다.
4. 흉년에는 땅을 사지 마라.
   - 흉년에 먹을 게 없어서 남들이 싼값에 내놓은 논밭을 사서

그들을 원통케 해서는 안 된다.

5. 며느리들은 시집온 후 3년 동안 무명옷을 입혀라.

   – 내가 어려움을 알아야 다른 사람의 고통을 헤아릴 수 있다.

6. 사방 백 리 안에 굶어 죽는 사람이 없게 하라.

   – 특히 흉년에는 양식을 풀어라.

서라벌 사람, '경주 사람'

땅의 지기地氣는 결국 그곳에 사는 사람들의 기운이다. 땅이 사람을 닮고, 사람이 땅을 닮는다. 경주에 머물며 여행하는 동안 많은 사람들을 만났다. 연구자와 작업자 등 월성 발굴 조사에 참여하는 분들과의 인터뷰도 그랬지만 일상적으로 길이나 유적지나 식당이나 택시에서 만나는 '경주 사람들'이 매우 인상적이었다.

내 고향도 관광지라면 관광지라 할 수 있는 해변 도시인데 우리 동네 사람들은 아무래도 배타적이고 무뚝뚝한 편이다. 고향 사람들끼리야 거친 말투와 태도 이면의 정서를 이해하지만 타지 사람들이 보기에는 불친절하고 무례하게 느껴질 수도 있을 테다.

경주는 오래된 관광지임에도 불구하고 사람들이 친절하고 다정하게 느껴졌다. 내가 운이 좋았을 수도 있지만 자신들의 터전으로 찾아오는 사람들을 '뜨내기'이거나 '호구'로 여겨서는 보일 수 없는 태도다. 시장의 상인부터 게스트하우스의 주인까지 물으면 정성껏 답해

주고 무어라도 도와주려고 애를 쓴다. 무엇보다 놀랍고 감동적인 부분은, 고도古都의 주인답게 품격과 지성을 지닌 분들을 곳곳에서 어렵지 않게 만날 수 있다는 것이다.

경주에서는 흥미가 있고 마음만 먹으면 무료이거나 최소한의 경비만으로 참여할 수 있는 탐방과 체험 프로그램이 연일 이어진다. 단체를 운영하는 데는 지자체의 보조를 받겠지만 거의 자원 봉사로 활동하며 경주와 신라를 알리는 문화 해설사들도 많이 만날 수 있다.

남산 삼릉 코스를 이끌며 구석구석 숨은 보물들을 가려 보여준 경주남산연구소의 김원자 님은, 견훤에 의해 즉위해 마침내 고려에 투항한 경순왕을 신라의 왕으로 인정할 수 없다는 듯 꼬박꼬박 '김부'라고 부르는 자존심과 결기가 인상적이었다. 쪽샘유적발굴관에서 신라 고분의 역사를 흥미진진하게 들려주신 신라문화원의 박근자 님은, 황룡사지에서 태어났다는 내력만으로도 부러움의 대상이었다.

그들의 조근조근 낮은 목소리와 반짝반짝 빛나는 눈은 참으로 '신라인'다웠다. 자원 봉사도 시간과 건강이 허락되어야 가능한 일이지만 문화재 해설은 그에 더한 열정이 없고서야 할 수 없는 일이다. 또한 폐허에서 폐허 너머를 보는 상상력이 아니고서야 공허한 일일 수밖에 없다. '아는 만큼 보인다'는 당연한 이치에 하나를 더 얹는다. '상상한 만큼 느낀다.' 그리고 '사랑하는 만큼 기억한다'고.

월성을 걷는 시간은 신라를 기억하며 경주를 여행하는 시간인 동시에 '신라 사람들'을 만나는 시간이었다. 그들이 있어 서라벌, 그리고 월성이 있다. 과거에도, 현재에도, 그리고 미래에도.

다시, 경주

2018~2019년 겨울에 왔던 경주를 2021년 봄에 다시 찾았다. 2년여 동안 시간만 흐른 게 아니라 세상이 바뀌었다. 전 세계를 휩쓴 역병의 창궐로 사람살이의 풍경이 달라졌다. 두 해 전 마스크를 쓰지 않은 채 만났던 경주는 어땠는지 민낯에 닿았던 바람의 감촉이 잘 기억나지 않는다. 거짓말처럼 까무룩하다.

그래도, 봄. 봄은 봄. 눈에 보이는 것들이 모두 푸르다. 푸르다는 것은 살아 있다는 뜻, 살아간다는 것이다. 어떻게든 살아 버티다 보면 괴로운 순간도 지나갈 테다. 언젠가, 언젠가는.

동대구역까지 타고 온 KTX를 무궁화호로 갈아탔다. 환승 시간이 바특하여 조금 바빴다. 신경주역까지 직통 고속철을 타면 편하겠지만 2021년 12월 28일까지만 기차역으로 쓰이고 그 후로 기념물로 보존될 경주역에서 내리고 싶었다. 1918년에 조선 총독부가 건설해 올해로 103세가 넘은 경주역. 일제가 고의로 선덕왕릉과 남산, 동궁과 월지 등 경주를 관통해 지나는 철길을 깔았다는 치욕의 역사를 껴안은 채로 중앙선의 종점이자 동해선의 환승역인 경주역은 마지막 숨을 고르고 있다.

토요일이지만 하차하는 사람들은 많지 않았다. 쿰쿰한 냄새를 풍기는 무궁화호에 덜컹덜컹 실려오길 달가워하는 사람들이 점점 사라져가는 게다. 매년 크리스마스에 텔레비전에서 방영되곤 하는 영화 〈러브 액츄얼리〉의 첫 장면이 떠오른다. "세상이 우울하게 느껴질 때면, 나는 히드로 공항의 도착장을 생각한다"는 독백과 함께 비행기에서 내린 사람들이 기다리던 연인, 가족, 지인 들과 만나 포옹하고 입 맞추고 활짝 웃는 장면들이 펼쳐진다. 독백이 이어진다. "흔히들 증오와 탐욕의 세상에 살고 있다고 하지만 (…) 사랑은 실로 어디에나 있는 것 같다."

떠나는 사람들과 돌아오는 사람들, 보내는 사람들과 기다리는 사람들. 정류장, 역, 공항은 어디에도 속하지 않은 세계의 경계, 경계의 세계다. 만남과 이별이 일상으로 교차하는 곳이다. 사랑, 그리고 정이 있기에 만남이 설레고 이별이 아프다. 플랫폼에서 손을 흔들던 사람들은 시간과 함께 스쳐 지나갔지만 역은 아직 그곳에 남아 있다. 세월만큼 묵묵히, 모든 사랑의 수신호를 기억하며.

포항에서 동대구로 가는 중앙선 무궁화호 열차는 하루에 네 번 경주역에 선다. 경주역을 지나 서경주역을 거쳐 건천역까지 닿는 데

걸리는 시간은 20분가량. 차로 가는 시간이 더 짧으니 중앙선 네 편과 동해선 한 편이 정차한대도 건천역의 일일 이용객이 20여 명을 넘을락 말락 하는 게 이상스럽지 않다.

머지않아 복선 전철화가 완료되면 신호장으로 이전할 예정이라는 작은 역, 그 건천역 정류장에 1942년 봄 한 젊은이가 내렸다. 훤칠한 키에 뿔테 안경을 쓴 양복 신사, 그는 스물두 살의 청년 시인 조지훈이었다.

지훈과 목월의 봄, 그리고 경주

해 질 녘의 경주에는 때마침 봄비가 내리고 있었다. 머리를 감싸고 부리나케 역사 지붕 안으로 뛰어드는 사람들 틈에서 지훈은 포마드 바른 머리가 젖는데도 아랑곳 않고 한동안 우두커니 서 있었다. 마침내, 왔다! 지훈에게 경주는 그리운 곳이었다. 아득한 역사가 묻힌 곳이자 꼭 만나고픈 사람이 사는 마을이었다.

어스름에 마음이 바쁜 촌로들과 아낙들이 종종걸음으로 그를 지나쳤다. 아낙의 등 뒤에 매달려 잠든 아이의 머리통이 무겁게 흔들리고 있었다. 그 위태로운 풍경에 잠시 눈길을 빼앗긴 찰나, 지훈을 뚫어져라 바라보는 사람이 있었다.

'박목월'.

커다란 눈망울에 목이 긴 청년은 행여 놓칠세라 자기 이름이 적힌

한지를 가슴팍에 붙여 든 채 승객 하나하나를 뜯어보고 있었다. 마침내 두 청년의 눈이 마주쳤다. 지면에서 본, 작품을 통해서만 아는 사이지만 그들은 첫눈에 서로를 알아보았다. 열정, 우수, 시를 향한 갈망은 사랑과 재채기처럼 숨기려도 숨길 수 없는 것이기에.

경주의 봄. 사계절 가운데서도 특별히 아름답다는 그 계절에 지훈과 목월, 목월과 지훈은 보름 가까이 경주를 여행했다. 박목월은 1939년 잡지《문장》을 통해 데뷔했다. 조지훈은 이듬해 같은 잡지를 통해 시단에 나왔다. 네 살 차이였으나 시를 논할 때는 나이의 경계 따윈 없는 벗이었다.

등단은 했지만 그들은 무명 시인이었다. 가슴속에서 시심이 용솟았으나 펜을 꺾을 수밖에 없었다. 일제의 한국어 말살 정책으로 모든 신문과 잡지 들이 사라져가던 시절이었다. 문예지《문장》도 1941년 강제 폐간되었다. 혜화전문(동국대학교의 전신)을 졸업한 조지훈은 오대산 월정사에 칩거했고, 박목월은 고향에서 금융조합 서기로 일하며 생계를 잇고 있었다.

오대산에서 나와 서울로 돌아온 지훈이 목월에게 서신 한 통을 띄우면서 일이 시작되었다. 지훈은 당대 이름 높은 정지용 시인이 목월을 추천하며 "북에는 소월이 있었거니, 남에 목월이 날 만하다"고 극찬한 것을 기억하고 있었다. 잡지 뒤에 수록된 주소로 편지를 보냈다.

"근황이 궁금하니, 얼굴 한번 뵙고 싶습니다."

큰 기대는 하지 않았는데 며칠 후 목월의 답장이 왔다.

"경주박물관에는 지금 노오란 산수유 꽃이 한창입니다. 늘 외롭게 가서 보곤 하던 싸느란 옥적玉笛을 마음속 임과 함께 볼 수 있는 감격을 지금부터 기다리겠습니다."

마침내 만난 그들은 보름 동안 밤낮을 잊고 경주를 헤매었다. 스물여섯과 스물둘의 젊은이는 지치지도 않았다. 마시고 취하고 또 마셨다. 술과 시를, 봄 그리고 경주를.

그들이 만끽한 봄의 경주, 경주의 봄은 여행을 마치고 돌아간 지훈이 편지로 써 보낸 시 「완화삼」에 고스란히 들어 있다. 시에는 '목월에게'라는 부제가 붙어 있다.

차운 산 바위 위에
하늘은 멀어
산새가 구슬피 울음 운다

구름 흘러가는
물길은 칠백 리七百里

나그네 긴 소매
꽃잎에 젖어
술 익는 강마을의
저녁노을이여

이 밤 자면 저 마을에

꽃은 지리라

다정하고 한 많음도
병인 양하여
달빛 아래 고요히
흔들리며 가노니……

지훈은 후일 박목월의 시집 『산도화』 「발문」에서 시 「완화삼」의 창작 배경을 이렇게 밝혔다.

"석굴암 가던 날은 대숲에 복사꽃이 피고 진눈깨비가 뿌리는 희한한 날이었다. 불국사 나무 그늘에서 나눈 찬술에 취하여 떨리는 봄옷을 외투로 덮어주던 목월의 체온도 새로이 생각난다. 나는 보름 동안을 경주에 머물렀고, 옥산서원의 독락당에 눕기도 하였으며, 「완화삼」이란 졸시를 보내기도 하였다. 목월의 시 「나그네」는 이 「완화삼」에 화답하여 보내준 시이다."

박봉이나마 쪼개어 멀리서 온 벗을 정성껏 대접했을 목월이 선물을 받고 그냥 있을 리 없다. 시 선물은 시로 갚는다.

강나루 건너서
밀밭 길을

구름에 달 가듯이
가는 나그네

길은 외줄기
남도 삼백 리

술 익는 마을마다
타는 저녁놀

구름에 달 가듯이
가는 나그네

   봄이 아니었다면, 경주가 아니었다면, 봄의 경주가 아니었다면 문학사의 획을 그은 '청록파'의 태동과 두 시인의 절창은 없었을 것이다. 복사꽃과 진눈깨비가 함께 흩뿌리는 '희한한' 경주의 봄날, 고단한 시대에 찬술에 취한 젊은 시인이 벗의 체온에 목멘 순간을 상상한다. 정착할 수 없는 세상을 떠도는 나그네들이 폐허의 고도古都에서 구름처럼 달빛처럼 흔들리면서도 흘러가기를 꿈꾼다. 이기지 못할지라도 지지 않는, 청록의 도저한 서정이다.

천년 왕성 월성과 천년 후의 세상

경주는 경주만의 계절로 빛나고 있다. 봄에 와도, 여름이나 가을이나 겨울에 와도 경주는 경주다. 지난 깊은 겨울에 나는 나그네가 되어 경주를 헤매었다. 목을 길게 빼고 지훈을 기다리는 목월은 없었지만 이 부박한 세상을 신비로운 상상력으로 채우는 신라의 이야기가 나를 맞았다.

경주의 색色은 계절을 달리해 빛나기도 하지만 바라보는 눈길에 따라 다양한 스펙트럼을 가진다. 동리에게 태생적인 허무를 심어준 경주는, 전쟁 한 번 하지 않고 신라를 삼키게 된 왕건이 '이 땅은 경사스런 고을이다'며 '금성'과 '서라벌' 대신 '경주'라는 이름을 붙인 폐허의 고도다. 목월의 그리운 고향인 경주는, 하루를 머물러도 천년을 기억하게 하는 영혼의 나라 그곳의 수도. 그리고 벗의 초대를 받고 찾아온 여행자인 지훈에게 경주는, 구름과 물길을 따라 다시 가고픈 다정하고 애틋한 추억의 장소다.

신라 그리고 경주와 서라벌의 중심이 바로 월성이다. 월성은 아직까지 다른 유물 유적에 비해 덜 알려졌지만 지금껏 파편적으로 이해했던 신라를 전체의 관점에서 조망할 수 있는 장소다. 경주를 관통했던 동해남부선이 이설되고 동궁의 본래 범위가 확인되고 월성의 발굴 조사가 진행될수록 월성의 중요성도 그만큼 커질 테다.

월성을 걷는 시간은 현재가 과거를 만나는 시간이었다. 배움과 상상력이 함께하는 시간이었고 설렘과 즐거움과 안타까움과 아쉬움을 동시에 느끼는 시간이었다. 희미한 스케치나마 코끼리의 밑그림을 그려보았고 천하를 망라한 신라 사람들의 숨결을 어루더듬었다.

지금 이 시간에도 수많은 연구자와 작업반원들이 흙먼지 속에서 신라의 신비를 캐고 있다. 그 손길이 느릴지나 정교하기를 바라며 천년 왕성 월성에서 다시 천년 후의 세상을 그려본다. 인간의 삶은 유한할지나 진리에의 염원은 무궁할지니.

사진 출처

24쪽	『한성에서 만나는 신라 월성』, 국립경주문화재연구소
28쪽	©이용선
32쪽	『한성에서 만나는 신라 월성』, 국립경주문화재연구소
34쪽	국립경주박물관
36쪽	©이용선
42쪽	한국학중앙연구원
50쪽	『한성에서 만나는 신라 월성』, 국립경주문화재연구소
53쪽	『慶州 東宮과 月池 Ⅱ-발굴조사보고서』, 국립경주문화재연구소
55쪽	©이용선
59쪽	©이용선
68쪽	©이용선
90쪽	『한성에서 만나는 신라 월성』, 국립경주문화재연구소
92쪽	『한성에서 만나는 신라 월성』, 국립경주문화재연구소
98쪽	『한성에서 만나는 신라 월성』, 국립경주문화재연구소
101쪽	『한성에서 만나는 신라 월성』, 국립경주문화재연구소
108쪽	『한성에서 만나는 신라 월성』, 국립경주문화재연구소
112쪽	『한성에서 만나는 신라 월성』, 국립경주문화재연구소
123쪽	©이용선
124쪽	©이용선
127쪽	©이용선
135쪽	『한성에서 만나는 신라 월성』, 국립경주문화재연구소
138쪽	©이용선
143쪽	『한성에서 만나는 신라 월성』, 국립경주문화재연구소

인용문 출처

4~5쪽   박목월, 「사향가」, 『蘭·其他』, 신구문화사, 1959

5~6쪽   김동리, 「폐도의 시인」, 《근대서지연구회》 8월호, 근대서지연구회, 2009

7쪽   김동리, 「나의 고향」, 『취미와 인생』, 문예창작사, 1974

27쪽   황현산, 『밤이 선생이다』, 난다, 2016

62쪽   권달웅, 「고요의 무게」, 『염소 똥은 고요하다』, 동학사, 2015

155~156쪽 국립경주문화재연구소 편, 『못 속에서 찾은 신라−45년 전 안압지 발굴
          조사 이야기』, 국립경주문화재연구소, 2020

158쪽   메릴린 존슨, 이광일 역, 『폐허에 살다』, 책과함께, 2016

222쪽   이도학, 『삼국통일 어떻게 이루어졌나』, 학연문화사, 2018

223쪽   고유섭, 『고려시보』, 현대사, 1983

243쪽   다비드 르 브르통 저, 김화영 역, 『걷기예찬』, 현대문학, 2002

263쪽   조지훈, 「발문」, 『산도화』, 영웅출판사, 1955

262~263쪽 조지훈, 「완화삼」, 『청록집』, 을유문화사, 2006

263~264쪽 박목월, 「나그네」, 『청록집』, 을유문화사, 2006

가사 인용 목록

KOMCA 승인필

132쪽 〈신라의 달밤〉, 현인

* 본 도서를 위해 사진 사용 및 인용을 허락해 주신 모든 분들께 다시 한 번 깊이 감사드
  립니다.

참고문헌

전시도록

『신라 왕궁 월성』, 국립경주문화재연구소, 2018
『한성에서 만나는 신라 월성』, 국립경주문화재연구소, 2019

학술자료

『경주 월성-기초학술조사보고서』, 국립경주문화재연구소, 2010
『慶州 東宮과 月池 Ⅰ-발굴조사보고서』, 국립경주문화재연구소, 2012
『慶州 東宮과 月池 Ⅱ-발굴조사보고서』, 국립경주문화재연구소, 2014
『신라 왕경 연구 기초자료 학술세미나 자료집』, 국립경주문화재연구소, 2017
『못 속에서 찾은 신라-45년 전 안압지 발굴조사 이야기』, 국립경주문화재연구소,
    2020

단행본

강석경, 『능으로 가는 길』, 강석경, 창비, 2000
기상청 편, 『삼국사기·삼국유사로 본 기상·천문·지진기록』, 2011
김병모, 『역사도시 경주』, 열화당, 1984
김성용, 『사라진 도시 서라벌』, 눌와, 2011
남천우, 『유물의 재발견』, 학고재, 1997

대한문화재연구원 편, 『삼국시대 고고학개론 1 도성과 토목편』, 진인진, 2014

민주면 편, 『동경잡기』, 지식을만드는지식, 2020

성낙주, 『에밀레종의 비밀』, 푸른역사, 2008

윤영희, 『경주로 떠나는 천년여행』, 인문산책, 2017

이도학, 『삼국통일 어떻게 이루어졌나』, 학연문화사, 2018

이종욱, 『신라가 한국인의 오리진이다』, 고즈윈, 2012

이종욱 역, 『대역 화랑세기』, 소나무, 2005

이종호, 『역사로 여는 과학문화유산답사기 3』, 북카라반, 2015

이종호, 『유네스코 선정 한국의 세계문화유산 2』, 북카라반, 2015

전덕재, 『신라 왕경의 역사』, 새문사, 2009

천소영, 『물의 전서』, 창해, 2000

홍성식, 『서라벌 꽃비 내리던 날』, KMmedia, 2017

황수영 편, 이양수 외 증보, 『일제기 문화재 피해 자료』, 사회평론아카데미, 2014

기타

차은정, 〈신라 음식 이야기〉, 《서라벌 신문》, 2007~2008

정수일, '무언의 증인, 무인석/터번 쓴 무인/복주머니 찬 까닭은?', 《한겨레》, 2004

　　　https://www.hani.co.kr/arti/legacy/legacy_general/L11002.html

참고

국립경주문화재연구소　https://nrich.go.kr/gyeongju

국립경주박물관　https://gyeongju.museum.go.kr

각 홈페이지에 접속하면 월성과 관련한 다양한 발굴자료 및 학술조사 내용을 살펴볼 수 있다.

월성을 걷는 시간

초판 1쇄 2022년 8월 25일

지은이 | 김별아
펴낸이 | 송영석

주간 | 이혜진
기획편집 | 박신애 · 최미혜 · 최예은 · 조아혜
외서기획편집 | 정혜경 · 송하린
디자인 | 박윤정 · 유보람
마케팅 | 이종우 · 김유종 · 한승민
관리 | 송우석 · 전지연 · 채경민

펴낸곳 | (株)해냄출판사
등록번호 | 제10-229호
등록일자 | 1988년 5월 11일(설립일자 | 1983년 6월 24일)

04042 서울시 마포구 잔다리로 30 해냄빌딩 5 · 6층
대표전화 | 326-1600 **팩스** | 326-1624
홈페이지 | www.hainaim.com

ISBN 979-11-6714-046-3